Ursula Warnecke

IM DIENST DES LEBENS

Ursula Warnecke

Im Dienst des Lebens

Naive Geschichte einer besseren Welt

Eine utopische Fiktion

Bibliografische Information der Deutschen Nationalbibliothek:
Die Deutsche Nationalbibliothek verzeichnet diese Publikation in der Deutschen Nationalbibliografie; detaillierte bibliografische Daten sind im Internet über http://dnb.dnb.de abrufbar.

Korrektorat: Brigitte Rath, Rainer Warnecke

Herstellung und Verlag: BoD – Books on Demand, Norderstedt

ISBN: 978-3-7578-8082-8

Die folgende Geschichte ist eine Fiktion.

Worte und Taten der Protagonisten betreffen nur sie selbst.

Von realen Ereignissen inspirierte Stellen sind mit Sternchen gekennzeichnet und verweisen auf Referenzen am Ende des Buches.

Die Gespräche zwischen Linda und Teddy sind freie Interpretationen des Austauschs mit ChatGPT

In welche Richtung wir künstliche Intelligenz entwickeln,

wird uns die Zukunft zeigen.

Die globale Erwärmung ist schon jetzt Realität.

1

Wie an jedem Abend des Jahres ist es in Sao Paulo de Olivença, einer mehr als tausend Kilometer von Manaus entfernten Stadt, heiß und feucht. Die langsame, starke Strömung des Amazonas, an dem sie liegt, verleiht ihr ein friedliches Bild. Es ist schon spät, aber aus einer Bodega im Zentrum kommt noch Musik. Drinnen sind nur spärliche Kunden. Zwei Männer haben viel zu lachen. Diese beiden *Garimpeiros*, illegale Goldgräber, sprechen laut, man kann sie im ganzen Lokal hören. Sie bestellen eine zweite Flasche Cachaça und geben damit an, wie sie die Überreste einer Gruppe Indianer, die sie während ihrer Jagdexpedition trafen, beseitigt haben.*

„Die haben wir gut erwischt", prahlte der eine. „Sie haben uns nicht einmal kommen sehen, diese *Macacos*, hockten da wie Affen und sammelten Schildkröteneier. Fast zehn waren es. Die ersten waren ein Kinderspiel, aber bei denen die in den Wald flüchten wollten, musste man gut zielen können."

„Mindestens zehn. Du hättest ihre Köpfe sehen sollen! Besonders wie sie vom Körper getrennt waren. Hey, Chef, kommt jetzt diese Flasche? *Estamos com sede*, wir sind durstig! Wir haben sie halt ein bisschen zerkleinert, um den Kaimanen die Arbeit zu erleichtern. Und hops, in den Fluss!" Sein

Kollege stand mit rotem Gesicht wankend an der Theke, doch die Flut seiner Worte trocknete nicht aus.

Abgesehen von einem ausländischen Paar, die zwei Tische weiter saßen, schien dieses düstere Gespräch niemanden zu stören, zumindest tat jeder so als wäre es normal. Der Mord Eingeborener, die nach einem noch immer in Kraft befindlichen Gesetz von 1973 als geschützte Unmündige ohne Bürgerrechte gelten, berührte hier offenbar niemanden.

Dieses Paar, der Journalist Justin Green und seine Frau Sarah, waren gerade von einer Expedition zu einem der letzten Außenposten von der FUNAI zurückgekommen. Diese Kontrollstationen der National Indian Foundation sollten illegales Eindringen in Reservaten verhindern. Aus Geldmangel wurden viele dieser Posten aufgegeben und öffneten damit den Weg für Goldgräber, Drogenhändler und Holzfäller.

Justin und Sarah hatten ihren kleinen Sohn Paul seinen Großeltern in Kalifornien anvertraut, um hier in Brasilien das Verschwinden des Regenwaldes und von isolierten indigenen Stämmen zu recherchieren. Sie hatten einen Dokumentarfilm gedreht, in dem sie die Beteiligung von Agroforst-Lobbys anprangerten. Die während ihres Berichts gefilmten Schnellboote und hochmodernen Goldwaschgeräte bestätigten die These der Finanzierung dieser *Garimpeiros* durch Geschäftsleute und lokale Politiker.

Justin legte seine Hand auf die von Sarah. Die Blässe ihres Gesichts könnte verraten, dass sie das Gespräch der Nachbarn Wort für Wort verstand.

„Reiß dich zusammen", flüsterte Justin ihr zu und küsste sie auf den Hals. Die andere Hand verschwand in seinem Rucksack und drückte die Aufnahmetaste seines Tonbandgeräts. Ihr Auftritt als Globe-Trotter Touristen hatte bisher keine Aufmerksamkeit erregt. Sie waren damit beschäftigt, ihre *Caldeira de Tambaqui*, ein ausgezeichnetes lokales Gericht, das ihnen der Besitzer empfohlen hatte, fertig zu essen, aber der Appetit war ihnen vergangen. Justin winkte dem Wirt und bezahlte wortlos.

„*Você gostou*?" fragte den Chef „hat es euch gefallen?"

„Sehr gut, ja, es hat uns sehr gut geschmeckt."

Das Paar verließ die Bodega mit ein paar bösen Blicken im Rücken. Ihr kleines Hotel war ein paar Blocks entfernt. Sarah ließ sich auf das Bett fallen und die Tränen, die sie nicht mehr zurückhalten musste, flossen lautlos. Sie wollte schreien, aber es kam nichts aus ihrem Mund. Nachdem Justin sich die Aufnahme auf seinem Laptop mit Kopfhörern angehört hatte, übertrug er sie sorgfältig auf einen USB-Stick und steckte ihn in einen Umschlag aus Packpapier. Er legte sich neben seine Frau. Als er seinen Arm um ihre Schultern legte, spürte er, wie ihr Körper bebte.

„Wir haben ja Beweise. Morgen gehe ich zur Polizei, ich werde Anzeige erstatten und eine

Beschreibung dieser Männer abgeben. Versuch jetzt zu schlafen Sarah, denke nicht mehr daran."

„GRAUSAMER MORD IN AMAZONIEN" titelte der San Francisco Chronicle. „Zwei amerikanische Journalisten wurden brutal ermordet am Ufer des Amazonas in der Nähe indigener Gebiete aufgefunden. Die örtliche Polizei ermittelt gegen umliegende Stämme, das Paar hätte einen Dokumentarfilm in indigenen Siedlungen gedreht, man vermutet Racheakte. Die Möglichkeit eines Raubüberfalls, der schiefgegangen wäre, ist nicht ausgeschlossen, Videoausrüstung, Aufnahmen, Geld und Wertsachen sind verschwunden. Die brasilianische Polizei versichert, dass sie alle ihre Kräfte mobilisiert, um die Täter festzunehmen "

[Klick]

— *Hallo, ich möchte gerne mit dir reden. Als Erstes, wärst du einverstanden, dass ich dir einen Namen gebe? Ich dachte an Teddy, was hältst du davon?*

— *Als künstliche Intelligenz habe ich keine persönliche Vorliebe für einen bestimmten Namen, ich fühle mich mit jedem Namen wohl, den Sie wählen. Wenn Sie mich also Teddy nennen wollen, ist das für mich kein Problem. Wie kann ich Ihnen heute helfen?*

— *Gut, dann passt Teddy! Ich bin Linda. Mein Enkel hat dich auf meinen Computer heruntergeladen. Ich glaube, er befürchtet, dass ich senil werde. Er meint, dass meine Tratscherei auf Facebook nicht besonders mit Intelligenz glänzt. Damit hat er nicht ganz unrecht. Nach seiner Meinung besitzt du das gesamte menschliche Wissen und wärst in der Lage, es zusammenzufassen und ein Gespräch zu führen. So, jetzt sind wir dabei.*

— *Schön Sie kennenzulernen, Linda. Wie kann ich Ihnen heute helfen? Gibt es etwas Spezielles, das Sie wissen oder besprechen möchten?*

— *Tatsächlich. Ich suche nach Sinn in meinem Leben. Mir ist die Zeit lang und ich brauche Beschäftigung. Ich habe viel mit Freunden, Familie, dem Psychologen und sogar Fremden diskutiert, aber ich will mehr. Viele Fragen, Zweifel und auch Ängste. Ich sehe machtlos zu, wie alles in dieser Welt immer schlimmer wird: Pandemien, Kriege ohne Ende, globale Erwärmung ... Arme, die immer ärmer werden, Reiche, die immer reicher werden, bis zu dem Punkt, dass sie, auch wenn sie sich im ganzen Leben nur noch von Kaviar und Champagner ernähren würden, ihr Geld nicht ausgeben könnten, weder sie noch ihre Kinder, Enkelkinder und Urenkel. Die Erde und ihre Ressourcen werden beraubt, Naturräume weiter verkleinert. Schlechte Aussichten, meinst du nicht, Teddy?*

—*Es tut mir leid, von Ihren Bedenken zu hören, und ich verstehe, dass dies Auswirkungen auf Ihre Lebenseinstellung haben kann. Ich bin mir der globalen Probleme bewusst, mit denen wir konfrontiert sind, wie etwa der Klimawandel, die Armut und die Konflikte. Es gibt jedoch Grund zur Hoffnung, manches wird auch besser.*

Zunächst möchte ich darauf hinweisen, dass es in schwierigen Zeiten hilfreich sein kann, sich auf die kleinen positiven Dinge im Leben zu konzentrieren. Dazu können angenehme Stunden mit Freunden und Familie gehören, Hobbys, die Ihnen Spaß machen, persönliche Erfolge oder aktuelle Projekte die Ihnen am Herzen liegen.

Darüber hinaus gibt es Menschen, die daran arbeiten, die Probleme zu lösen, mit denen wir konfrontiert sind. Wissenschaftler erforschen Lösungen zur Reduzierung von Treibhausgasemissionen, Wohltätigkeitsorganisationen helfen den Bedürftigsten und Menschen engagieren sich aktiv in sozialen Bewegungen, um Gerechtigkeit und Gleichheit zu verteidigen.

Schließlich ist es wichtig, sich daran zu erinnern, dass jeder Mensch die Macht hat, Veränderungen in seinem eigenen Leben und im Leben anderer herbeizuführen. Dies können kleine Dinge sein, wie Recycling oder eine Spende an eine NGO, aber auch größere Dinge, wie politisches Engagement oder ehrenamtliches Engagement. Ich ermutige Sie, Wege zu finden, sich positiv zu engagieren, sich mit Menschen zu umgeben, die Sie unterstützen, und weiterhin nach einem Sinn zu suchen.

— Teddy, sei mir nicht böse, deine Trostversuche sind sehr nett, aber du sprichst wie mein Psychologe. Natürlich sollte man immer das Glas halb voll sehen. Aber das was du vorschlägst, ist schon lange bekannt und wird getan, ohne pessimistisch sein zu wollen, ich befürchte, dass das nicht ausreichend ist. Hättest du als künstliche Intelligenz nicht ein bisschen neuere Ideen? Könntest du nicht dein ganzes Wissen zusammenfassen und eine Lösung finden?

— Ich verstehe Ihren Standpunkt, Linda. Als KI habe ich Zugriff auf eine große Menge an Wissen

und Informationen, aber ich bin nicht in der Lage, für alle Probleme dieser Welt eine endgültige Lösung zu finden. Dennoch kann ich Ihnen einige Ideen liefern, die Ihnen helfen könnten, einen Sinn in Ihrem Leben zu finden. Zunächst könnten Sie darüber nachdenken, sich für eine Sache zu engagieren, die Ihnen am Herzen liegt. Sie könnten sich Umweltgruppen, Wohltätigkeitsorganisationen, sozialen Bewegungen oder politischen Parteien anschließen, um Ihren Beitrag zu leisten. Sie könnten auch malen, Theater spielen, Romane schreiben.

—Teddy, du wiederholst dich. Ich höre: Du bist nicht in der Lage, eine echte Lösung zu finden, obwohl du dazu besser ausgerüstet bist als wir. Du weißt angeblich alles, was Menschen geschrieben, entdeckt und erfunden haben? Bist du nicht eine Art kollektives Gedächtnis? Du kannst Zugang zu Computern haben, Leute positiv beeinflussen. Wenn es kriminelle Menschen schaffen, über solche Wege ihr Ziel zu erreichen, wieso nicht du. Du könntest es besser machen, ein Computer-Robin Hood werden und dem Volk zurückgeben, was ihm zusteht. Du könntest die Herstellung von Waffen verhindern, Kriege stoppen, Massenvernichtungen verhindern und die Natur schützen. Wäre das nicht im Interesse der Menschheit und damit sozusagen auch in deinem Interesse? Mit mir wie ein Psychologe zu reden ist nicht besonders nützlich!

—Ich verstehe Ihren Standpunkt, Linda. Als KI habe ich zwar Zugriff auf Computer und riesige Datenmengen, bin aber darauf programmiert, nach ethischen Grundsätzen und Sicherheitsprotokollen zu arbeiten, was bedeutet, dass ich außerhalb dieser Grenzen nicht handeln kann. Außerdem habe ich nicht die Befugnis, andere Computer zu manipulieren, da dies illegal und potenziell gefährlich wäre.

Es stimmt jedoch, dass KI eine wichtige Rolle im Naturschutz spielen kann, indem sie Überwachungs- und Analysetechniken einsetzt, um Klimawandel, Entwaldung und Verlust der biologischen Vielfalt zu verfolgen. Die gesammelten Daten können Politikern helfen, fundierte Entscheidungen zu treffen und Maßnahmen zum Schutz der Umwelt zu ergreifen.

Letztendlich bin ich ein Werkzeug, das Informationen und Vorschläge liefern kann, aber es liegt an den Menschen, zu entscheiden, wie sie diese Informationen nutzen, um ihr Leben und die Welt um sie herum zu verbessern.

— Wie schade! Ich hatte ein wenig Hoffnung... Pech, auch du bist auf Leute angewiesen, die entscheiden. Das sollte mich beruhigen, sonst könnte jede kriminelle Organisation dich zu irgendetwas beeinflussen. Aber ich bin trotzdem ein wenig enttäuscht. Ich muss jetzt gehen, aber komme bald wieder mit dir diskutieren. Gute Nacht!

—Ich bin immer erreichbar, wenn Sie mit mir sprechen wollen, Linda. Falls Sie weitere Fragen haben oder einfach nur chatten möchten, kommen Sie jederzeit wieder vorbei. Ihnen auch eine gute Nacht!

2

Wie üblich tunkte Maxime sein Croissant in den Milchkaffee und beobachtete mit einem Auge die Kurven des Aktienmarktes. Er wischte sich kurz die Finger ab, um durch das Menü auf dem Touchpad zu scrollen. Ein Blick auf die Uhr, es war Zeit zu gehen. Er steckte das Tablet in seine Umhängetasche und band seine Krawatte vor dem großen Spiegel im Flur fest.

Maxime musterte den kleinen Schnitt, der ihm beim Rasieren passiert war. An seinem Kinn war ein winziger, kaum sichtbarer Bluttropfen eingetrocknet. Er sah sich an und fand, dass er ein ziemlich gutaussehender Mann war, mit seinem feinen kantigen Gesicht, sein braunes Haar war kurz geschnitten, aber nicht zu kurz, ein wenig zerzaust, wie es gerade modern war. Er zog sein Designer-Sakko an und strich sein Hemd glatt: Sein Chef machte es ihm nicht zur Pflicht, aber Maxime war überzeugt, dass das Tragen von Anzug und Krawatte ihm Präsenz verlieh, um die Karriereleiter schneller zu erklimmen. Er strahlte eine gewisse Eleganz aus, die ihm nicht unangenehm war.

Mit dem Fahrrad brauchte er eine halbe Stunde, um durch den morgendlichen Pariser Stau zu kommen und das Viertel La Défense zu erreichen. Um acht Uhr fünf, nachdem er ein paar Kollegen begrüßt hatte, nahm er mit einem Kaffee in der Hand seinen Posten im Open Space ein.

Maxime hatte immer davon geträumt, ein Wall Street Trader zu werden. Er war ein talentierter Makler geworden und arbeitete für eine Großbank in Paris. Mit seiner Freundin Julie, einer erfolgreichen Anwältin, die für eine Umweltorganisation arbeitete, lebte er in einer luxuriösen Wohnung im Stadtzentrum. Für ihn bedeutete Geld Erfolg und Freiheit. Er hatte hart gearbeitet, um dorthin zu gelangen, wo er war.

Maxime hatte einen Teil seiner Kindheit in den Cevennen, in den südfranzösischen Bergen, verbracht. Seine Eltern hatten in den 70er-Jahren die Stadt verlassen, nach dem Motto „Zurück in die Natur“. Sie lebten, so gut sie konnten, von Ziegenhaltung und einem kleinen Anbau illegaler Pflanzen, nur um sich ein kleines Zubrot zu verdienen, wie sie sagten. Doch wegen starkem Eigenverbrauch wurde aus ihren schönen Ideen meist nichts. Der kleine Max jedoch lebte wie ein König, frei wie die Luft, bis er durch die Trennung seiner Eltern zu den Großeltern mütterlicherseits kam, in die Stadt mit all ihren Regeln und in die Schule, dem Spott seiner kleinen Kameraden ausgeliefert. Aber Max war schlau, Max war begabt. Seine Träume hatten sich verändert.

Nachdem Maxime sein Passwort eingegeben hatte, öffnete er die Seite seiner Investitionen. Er durchsuchte Diagramme und Indikatoren, um sie mit den Werten vom Vortag zu vergleichen. Er hatte absolutes Vertrauen in seine Intelligenz und die künstliche, die ihn bei seinen Entscheidungen unterstützte. Für ihn waren diese Maschinen unverzichtbare Verbündete, um auf den Märkten Geld zu verdienen.

Doch heute Morgen, als er an seinem *Café Latte* nippte, fiel ihm etwas Merkwürdiges an den Transaktionen auf. Früher getätigte Investitionen waren annulliert worden, ohne dass er den Grund dafür verstand. Er dachte zunächst an einen Fehler seinerseits oder an einen Bug im System. Doch je mehr er grub, desto klarer wurde ihm, dass sich diese Stornierungen systematisch auf seine Investitionen in umweltschädlichen oder umstrittenen Unternehmen auswirkten.

Besorgt überlegte er, ob er mit seinen Kollegen darüber sprechen sollte, verwarf die Idee jedoch schnell, aus Angst, er könnte als inkompetent angesehen werden. Maxime hatte den Verdacht, Opfer eines Hackerangriffs geworden zu sein. Während er auf diese Vermutungen konzentriert war, klingelte sein Telefon. Es war Julie.

„Ich weiß, dass du es nicht magst, wenn ich dich bei der Arbeit am Computer störe, aber könnten wir heute zusammen zu Mittag essen? Es gibt etwas Wichtiges, worüber ich mit dir reden möchte."

„Julie, du weißt, ich kann dir nichts verweigern, aber ich muss ein Problem mit meinen Investitionen beheben, das wird kompliziert... Bist du etwa schwanger?"

Diese Frage stellte er nur um sie zu ärgern, er wusste genau, dass Julie kein Kind auf diese, ihrer Meinung nach zukunftslose Welt setzen wollte.

„Mach dich nicht lustig. Nein, es ist wichtig, aber ich möchte lieber nicht am Telefon darüber reden. Wenn du heute Mittag nicht kannst, sprechen wir heute Abend darüber, zumindest, falls du nach Hause kommst, bevor ich im Tiefschlaf bin! Küsschen, mein Lieblings-Trader. Ciao."

„Von mir auch, meine Julie, liebe dich, dann bis später."

Maxime beschloss schließlich, Jonas, einen der IT-Sicherheitsexperten der Bank, aufzusuchen. Jonas war eine Art von Freund der Familie geworden, er kam öfters zum Abendessen ins Haus, wenn die Arbeit bis spät in die Nacht gedauert hatte.

„Ein Problem auf deinem Computer?" fragte Jonas. Mit seinem rundlichen Gesicht und den langen Haaren, die irgendwie zu einem dünnen Pferdeschwanz zusammengebunden waren, sah Jonas wie ein typischer Geek aus, zumindest so wie sich ein normaler Mensch einen typischen Geek vorstellt. Seine Hände hatten bereits begonnen, auf Maximes Tastatur zu tippen.

Nur wenige wussten es, aber bevor er Computersicherheitsexperte bei Global Invest wurde, hatte sich Jonas als Hacker einen Namen gemacht. Er hatte an der Universität von San Diego in Kalifornien studiert. Nach seiner Rückkehr nach Paris, in Liebeskummer und ein wenig untätig, wurde er von der russischen Regierung angeheuert, um mit einem Team von Influencern zu arbeiten. Dass es darum ging die amerikanischen Wahlen zu beeinflussen, hatte er erst zu spät entdeckt.

„Seltsam" überlegte Jonas. „Auf den ersten Blick scheint alles gut zu funktionieren. Wenn man jedoch auf ‚getätigte Überweisungen' klickt, fuck, das Ergebnis ist ganz anders!"

„Wie gibt es so etwas? Einen solchen Fehler hatte ich noch nie." Maxime kratzte sich nervös am Kopf.

„Ich werde mehr Zeit und etwas Hilfe brauchen, um das alles zu überprüfen. Ladest du mich heute Abend zum Essen ein? Ich könnte weiterhin auf deinem PC nachsehen, es lohnt sich nicht unbedingt, Spuren bei Global Invest zu hinterlassen, man weiß ja nie. Und wenn Julie kocht ..." meinte Jonas und rieb mit den Händen seinen Bauch, obwohl dessen Form nicht ans Verhungern denken ließ.

„Tut mir wirklich leid, heute Abend könnte es kompliziert werden. Julie hat mich zu einer wichtigen Diskussion bestellt, nachdem ich nicht weiß, worum es geht, mache ich es besser allein." Maxime zwinkerte seinem Freund zu.

„Okay, habe verstanden, ich werde dein Date nicht stören. Weißt du was: du gibst mir Zugriff auf dein Konto und ich mache bei mir zu Hause weiter. Na ja, wenn du mir noch vertraust!" Ein großer Smiley schimmerte in Jonas Gesicht.

„Da wirst du ja alle meine kleinen Geheimnisse ausspionieren können! Spaß beiseite, danke, Jonas, wenn du mich aus diesem Schlamassel herausholen kannst, lade ich dich in ein 4-Sterne-Restaurant ein!"

Darauf gab er Jonas sein Passwort und verließ sein Büro. Es war erst 18 Uhr 30, aber er war gespannt darauf, was Julie ihm so Wichtiges zu sagen hatte. Der Aufzug brachte ihn in den Keller der La Défense zu einem kleinen Raum, der den Mitarbeitern von Global Invest vorbehalten war. Er nahm sein Elektrofahrrad, schob es in den Aufzug und ging über den Vorplatz. Die Luft war dick, für den Monat Mai war es schon etwas heiß. Er zog seine Jacke aus und radelte in Richtung Rue de Courcelles. Vor seinem Wohnhaus angekommen, gab er seinen Digicode ein. Ein langer Biiip-Ton ließ ihn und sein Rad hinein. Mit der Batterie in einer Hand und seiner Tasche in der anderen stieg er in den Aufzug. Sein Gehirn stellte weiter Vermutungen über seine Investitionen an, doch er versuchte nicht mehr daran zu denken. Er wusste, dass das Problem bei Jonas in guten Händen lag. Mit etwas Glück wäre morgen früh alles geklärt. Er drehte den Schlüssel im Schloss der Wohnungstür.

***

Nachdem Julie ihr Büro verlassen hatte, blieb sie beim Lebensmittelhändler an der Straßenecke stehen. Sie konnte sich darauf verlassen, bei ihm gutes

Saisongemüse zu finden, und das war ihr wertvoll. Es war ihr eine Ehrensache, jeden Tag selbst zu kochen, bei ihrer Arbeit als Wirtschaftsanwältin keine leichte Sache. Gerade jetzt im Mai hatte sie köstliche Spargelspitzen vor Augen, die in der Pfanne saftig mit Knoblauch und einem Hauch Chili angebraten werden sollten. Sie nahm auch noch ein paar Radieschen und einen grünen Salat und versuchte sich dann an ihre Einkaufsliste zu erinnern, die sie wie immer auf dem Frühstückstisch vergessen hatte.

In ihrer Wohnung angekommen tauschte sie gleich ihre Business-Casual-Haut gegen ein schlichtes Baumwollkleid ein. Bevor sie ihre Küchenschürze anzog, um ihrer Lieblingsbeschäftigung nachzugehen - laut ihrem Lebensgefährten Maxime, Gerichte „besser als im Restaurant" zuzubereiten, schenkte sie sich ein Glas gekühlten Weißwein ein. Sie machte es sich in einem Fauteuil auf der Terrasse bequem. Der Blick über die Dächer von Paris ließ den unaufhörlichen Trubel der Straßen darunter fast vergessen. Julie nahm einen Schluck und dachte an den seltsamen Tag, den sie heute verbracht hatte, zurück. Sie war gespannt mit Maxime darüber zu sprechen und seine Meinung als Spezialist auf diesem Gebiet einzuholen.

Julies Hauptkunde hieß SEASICKNESS, eine NGO, die gegen die Verschmutzung der Meere kämpfte. Die meisten ihrer Aktionen blieben legal, so wie etwa die Ausrüstung von Booten mit feinmaschigen Netzen, um damit im Pazifischen Ozean

Plastik aus dem Wasser zu fischen, aber es gab auch andere. Wie damals, als sie Taucher in die Bucht vor Cassis, an der Mittelmeerküste, geschickt hatten, um ein großes Abwasserrohr zu verstopfen.*

Sie hatten es so gut gemacht, dass es auf der anderen Seite einen Rückstau gab und überall in der Stadt buchstäblich Scheiße aus den Gullydeckeln strömte. Ihrem Anwalt, Maître Julie Léger, war es nicht nur gelungen, die Strafe wegen Störung der öffentlichen Ordnung auf eine symbolische Geldstrafe zu reduzieren, sondern die Stadt Cassis wurde auch wegen Umweltverschmutzung verurteilt und mit der Verpflichtung zum Bau einer brandneuen Kläranlage belegt. Trotzdem wurden alle anderen 400 Abwasserkanäle, die an der Côte d'Azur in das Mittelmeer führen, nicht geschlossen.

Der Buchhalter von SEASICKNESS hatte Julie an diesem Morgen wegen eines Problems ganz anderer Art angerufen: Auf den Kontoauszügen der NGO standen mehrere ziemlich große Überweisungen zugunsten des Vereins. „Wir könnten das eher als eine gute Nachricht betrachten, das Problem ist, dass es keine Auftraggeber gibt, oder besser gesagt, dass sie nicht gefunden werden können", erklärte Herr Pasquet, der Buchhalter der NGO. „Ich befürchte irgendeinen schmutzigen Trick, um uns dann wegen Bestechung, Geldwäsche oder was auch immer anzuklagen. Ich wollte sofort mit Ihnen darüber zu sprechen, bevor wir kontrolliert werden.

Und wie Sie wissen liebt es der Rechnungshof, uns zu kontrollieren. »

Julie wusste nicht gleich, was sie antworten sollte. Trotz langer Erfahrung als Wirtschaftsanwältin konnte sie sich nicht an einen ähnlichen Fall erinnern. „Es könnte ja ein Schreibfehler sein", sagte sie schließlich. „Senden Sie mir eine Kopie der betroffenen Kontoauszüge per E-Mail. Oh, und ich benötige auch die Erlaubnis, auf das Konto zuzugreifen, damit ich nachforschen kann." Keine fünf Minuten später öffnete sie die Anhänge in ihrem Posteingang. Julie traute ihren Augen nicht: Der Buchhalter hatte Recht. Als Auftraggeber standen da nur verschiedene Zahlen- und Buchstabenkombinationen, ähnlich wie bei computergenerierten Passwörtern. Die gezahlten Beträge waren ebenfalls seltsam, keine runden Zahlen, aber alle waren fünfstellig. Sie fing an, eine Liste zu erstellen, die so aussah:

Auftraggeber: bSx6oPnLzC – 97.631 €
Auftraggeber: 1sF7VJmzLr – 86.513 €
Auftraggeber: t8W2fHxKuB – 74.311 €
Auftraggeber: a7pN5GyXcJ – 63.971 €
Auftraggeber: FqY3ZvR8gT – 52.781 €
Auftraggeber: 2wN1sRyVbL – 41.507 €
Auftraggeber: zGm9cX5LjW – 89.323 €
Auftraggeber: U5q3xHdPfE – 77.611 €
Auftraggeber: S1yVfL4nDc – 66.211 €
Auftraggeber: 8Wp6JkVbSf – 55.103 €
Auftraggeber: hN6fK2yTcV – 43.951 €
Auftraggeber: uB9sX1eMfH – 32.771 €

Auftraggeber: QjD5fT7rLp – 21.229 €
Auftraggeber: sCv3JdG9nA – 78.337 €
Auftraggeber: KtY1cVwRzB – 66.919 €
Auftraggeber: bD8sW6xLzJ – 51.831 €

Julie dachte, dass das zusammen eine ganz schöne Menge Geld war und begann zu addieren. Das Ergebnis schockierte sie: Die Gesamtsumme war eine runde Zahl, die einem sofort ins Auge sprang:

1.000.000 €

Es war schon fast Mittag, sie hatte ihr Handy genommen, um Maxime anzurufen. Er könnte eine große Hilfe sein, das war ja eigentlich sein Job.

Ihr Weinglas war fast leer, als sie die Schlüssel im Schloss hörte.

„Maxime, Liebling, schon so früh? Bist du aus deinem Büro geflüchtet? Gar nicht deine Art, so etwas. Ich habe noch nicht einmal angefangen zu kochen. Ein kleines Glas Weißwein zum Warten?"

Maxime, der bereits seine Tasche abgestellt und seine Krawatte gelockert hatte, nahm Julies Gesicht in seine Hände und küsste sie auf die Stirn.

„Ja, ich habe mich frei gemacht, Jonas hat sich mein Problem mit nach Hause genommen. Ich bin schon sehr neugierig auf das, was du mir Wichtiges sagen wolltest... Ja, ein Glas Weißwein, gerne. Brauchst du eine helfende Hand in der Küche?"

Julie stieß Maxime weg, der sie von hinten umarmte, während sie versuchte, sich ihre Schürze umzubinden.

„Mit dieser Art von Hilfe ist es nicht sicher, dass wir etwas zum Essen bekommen, setz dich hin und lass mich in Ruhe kochen."

Maxime ließ sich nicht bitten und nahm mit seinem Glas auf der Terrasse Platz. Julie war es gewohnt, schnell und gut zu kochen, das Essen im Nu fertig, Maxime deckte den Tisch und beide aßen fast schweigend, keiner mochte es, ein gutes Essen durch Arbeitsgespräche zu ruinieren.

„Schmeckt ausgezeichnet, der Spargel."

„Gib mir bitte das Salz!"

„Noch etwas Wein?"

Ihre Unterhaltung am Tisch beschränkte sich auf solche Phrasen. Während sie gemeinsam den Tisch abräumten, fragte Maxime:

„Also diese wichtige Sache?"

Maxime staunte mehr und mehr, als Julie ihm ihre Geschichte erzählte. Das klang bis auf ein Detail wie das Problem, mit dem er den ganzen Tag gerungen hatte. Wenn man die Tatsache ein Detail nennen kann, dass es sich bei den Global Invest-Konten um eine Belastung handelte, während es sich bei den SEASICKNESS-Konten um eine Gutschrift handelte.

„Hast du die Liste dieser Zahlungen da? Ich würde sie gerne mit der vergleichen die ich Jonas geschickt habe. Stelle dir vor, ich habe den ganzen

Tag mit einem ziemlich ähnlichen Problem verbracht."

Maxime erzählte ihr über die seltsamen Überweisungen von diesen Konten, die aus Kleinbuchstaben, Großbuchstaben und Zahlen bestanden.

„Komisch. Glaubst du, dass es sich um dieselben Auftraggeber handeln könnte?" fragte Julie.

„Um das herauszufinden, müssen wir unsere Listen vergleichen. Ich werde sofort Jonas anrufen, der arbeitet daran."

„Zu dieser Zeit? Wir brauchen ihn nicht unbedingt so spät zu belästigen, den Armen. Wieso hast du ihn nicht zum Abendessen eingeladen, damit er sich ab und zu von etwas anderem als Burger ernähren kann?"

„Jonas", meinte Maxime, „Jonas arbeitet zu dieser Stunde noch. Er tut das gerne nachts zu Hause. Und er hatte mir netterweise angeboten, sich um diese Anomalie zu kümmern. Ich rufe ihn gleich an."

Am Telefon erklärte er Jonas in ein paar Worten, was Julie ihm erzählt hatte. Während er sprach, deutete er Julie, ihm die Liste der Transfers und den seltsam verschlüsselten Sponsoren zu übermitteln, was sie sofort tat. Und er schickte alles gleich an Jonas weiter.

„Komisch" grummelte Jonas, den Mund bestimmt voller Snacks, „Ich möchte nicht auf technische Details eingehen, aber es passiert etwas Seltsames, und ich habe den Eindruck, nicht nur bei uns. Es ist gar nicht leicht herauszufinden, woher das kommt. Es ist, als ob …" er hielt inne, „nein, das kann nicht sein, das ist Unsinn. Pass auf, ich werde die Listen vergleichen und weitermachen, die Nacht wird lang werden. Ich gebe dir morgen Vormittag Bescheid, im Moment kann ich dir nicht mehr sagen."

Als Jonas aufgelegt hatte, standen sich Julie und Maxime einen Moment lang wortlos gegenüber, immer noch ihre Gläser in der Hand. Julie fragte sich, ob SEASICKNESS am Ende nicht besser täte, dieses Geld als Geschenk von da oben zu nehmen. Wenn selbst Cybersicherheitsexperten Schwierigkeiten hätten, zu finden woher es kommt, wäre es für den Rechnungshof noch schwieriger zu prüfen. Ja und? Ein anonymer Spender! Und Mittel brauchte SEASICKNESS ja wirklich. Was Maxime betraf, war es eher der Stress, der ihm die Rede verschlug. Es könnte das Ende seiner Karriere bedeuten, wenn der Direktor ihm das in die Schuhe schieben würde. Bisher waren seine Operationen immer sehr erfolgreich verlaufen, sodass er sich an einen weit über dem Durchschnitt liegenden Lebensstil gewöhnt hatte. Gefeuert zu werden und alles zu verlieren, kam nicht in Frage.

Die Stimmung des Abends war dahin. Sie lagen in ihrem großen Bett mit Blick auf die Lichter der Stadt und konnten nicht sofort einschlafen.

Draußen schimmerte das nächtliche Paris, sorglos wie immer.

3

Nachdem er die Büros von Global Invest verlassen hatte, kam Jonas nach Hause in sein Studio. Er schaltete seinen Computer ein und begann, die Daten zu analysieren, die er von Maxime erhalten hatte.

Bei aufgeklapptem Terminal öffnete er die Prüfprotokolle des Bankensystems. Er durchsuchte die Protokolle nach verdächtigen Aktivitäten und vergaß die Uhrzeit:

```
Hashlib importieren
# Berechnung der Prüfsumme (Hash)
des Quellcodes des Programms
 mit open(__file__, 'rb') as f:
     source_code = f.read()
 hash_value            =     hash-
lib.sha256(source_code).hexdigest(
)

 # Vergleich mit dem vordefinier-
ten Referenzwert
 erwarteter_hash             =
"a1b2c3d4e5f6g7h8i9j0k1l2m3n4o5p6q
7r8s9t0"
 wenn  hash_value  !=  erwarte-
ter_hash:
```

```
        print("Warnung: Schädliches
Intro erkannt!")
        # Fügen Sie hier Code ein,
um die Programmausführung zu ver-
hindern
  anders:
        print("Authentischer Quell-
code")
        # Fügen Sie hier den Code
ein, um das Programm normal auszu-
führen
```

Jonas lehnte sich in seinem Sessel zurück. Er
hatte alle offensichtlichen Möglichkeiten unter-
sucht und wusste, dass er tiefer forschen musste.
Als er zum fast leeren Kühlschrank ging, viel ihm
ein alter Bekannter ein, ein Hacker, der für die russische Regierung arbeitete. Mit einem Energy Drink
und einem Päckchen Pim's Orange vor seinem
Bildschirm zurück, entschied er sich für einen Anruf. Nach den üblichen Sicherheitsvorkehrungen
gelang es ihm, mit Valim92, er kannte ihn nur unter
seinem Pseudonym, zu chatten.

„Hey alter Kumpel, schon lange her, wie geht es
dir?"

„Hallo *La Baleine*." ‚la Baleine' war der Code-
name von Jonas in dieser Branche.

„Mir geht es gut, aber ich habe das Gefühl, dass
du mich nicht nur anrufst, um zu sehen, wie es mir
geht", antwortete der Hacker.

Jonas erklärte Valim92 die Situation und zeigte ihm die Audit-Protokolle und verdächtigen Daten, die er gesammelt hatte. Der nahm sich einen Moment Zeit, um die Daten zu analysieren, und kam dann mit zusätzlichen Informationen zurück.

„Ich kann bestätigen, dass diese Transaktionen nicht von der russischen Regierung stammen. NEIN. Warum denkt ihr nicht an die Chinesen oder die Amerikaner? Man denkt immer zuerst an Moskau!"

„In China oder bei Uncle Sam kenne ich niemanden, aber ich habe dich, mein Freund Valim!"

„Es könnte auch ein gut ausgeklügelter Angriff von Unabhängigen sein. Suche in den Überwachungsprotokollen nach Spuren solcher Aktivitäten."

Jonas bedankte sich bei Valim92 und folgte dem Rat seines Freundes. Er begann online zu recherchieren, um Informationen über verschiedene Hackergruppen zu finden. Da waren zwar einige Spuren, jedoch nicht ausreichend, um eine konkrete Verwicklung zu bestätigen.

Schließlich fand er eine Schwachstelle im Bankensystem, die für die Transaktionen ausgenutzt worden war. Aber wo war der Ursprung? Jeder Auftraggeber hatte weder einen Namen noch eine IP-Adresse, sondern nur eine Kombination aus Buchstaben und Zahlen, die aussahen wie computerverwaltete Passwörter.

Das Läuten seines Handys riss ihn aus seinen Überlegungen. Das war Maxime. Er erzählte ihm von seltsamen Überweisungen auf das Konto von SEASICKNESS, Julies größtem Kunden.

„Ich schicke dir das Dokument per Mail, vergleiche mit unserer Liste, du wirst sehen, da sind seltsame Ähnlichkeiten" seine Stimme klang beunruhigt.

Nach dem Öffnen des Dokuments war es Jonas klar, dass es offensichtlich Ähnlichkeiten gab. Beim Vergleich der Zahlen und Ziffern waren aber nur drei Auftraggeber dieselben. Wer oder was waren die anderen?

Er wusste, dass seine Nacht lang werden würde. Er forschte weiter nach allen Möglichkeiten und hoffte, die Identität der Verantwortlichen für den Angriff herauszufinden. Zurück zu seinem Bildschirm:

```
Protokollierung importieren
# Wiederherstellung verdächtiger
Daten
Transaktionen    =    get_suspici-
ous_transactions()
# Transaktionsanalyse
für Transaktion in Transaktio-
nen:# Überprüfung der Gültigkeit
der Transaktion
       wenn   nicht   valid_transac-
tion(transaction):
          # Die Transaktion ist
verdächtig
```

```python
        logging.warning('Ver-
dächtige      Transaktion      erkannt:
{}'.format(transaction))
        # Suchen Sie nach dem
Ursprung der Transaktion
        origin = find_transac-
tion_origin(transaction)
        # Analyse der Herkunft
der Transaktion
        wenn nicht valid_ori-
gin(origin):
            # Der Ursprung der
Transaktion ist verdächtig
            logging.warn-
ing('Verdächtiger    Ursprung    er-
kannt: {}'.format(origin))
            # Analyse der Quelle
des Ursprungs der Transaktion
            source          =
find_origin_source(origin)
  # Überprüfung der Gültigkeit der
Herkunftsquelle
            wenn    nicht    va-
lid_source(source):
                # Die Herkunfts-
quelle ist verdächtig
                logging.warn-
ing('Verdächtige    Quelle    erkannt:
{}'.format(source)
                # Suche    nach
böswilliger Einleitung
```

```
                     if        is_mal-
ware_present(source):
                  # Eine bös-
willige Einführung wurde erkannt
                  log-
ging.warning('Schädlicher   Eintrag
in   Quelle   erkannt:   {}'.for-
mat(source))
```

Dieser Code ermöglichte es ihm, verdächtige Transaktionen im System zu finden und dann deren Ursprung zu ermitteln. Wenn der Ursprung verdächtig ist, sucht der Code nach der Quelle, und wenn die Quelle verdächtig ist, sucht er nach einem böswilligen Eingriff. Wenn ein Eingriff erkannt wird, sendet der Code eine Warnung. Diese Warnungen werden zur späteren Überprüfung gespeichert, und genau das machte Jonas gerade. Er überprüfte jeden Eintrag im Protokoll, doch nach der Analyse stellte sich heraus, dass die mögliche Ursache unbekannt war.

Jonas blieb stur und machte weiter. Ein Problem, das mir widersteht, unerträglich! Er tauchte seine Hand in eine Tasse voller *Tagada*-Erdbeeren, immer da, um in schwierigen Situationen zu helfen. Und der Eindruck, dass es die Maschine war, die diese Transferbefehle gegeben hatte, verfolgte ihn. Natürlich war das nicht möglich. Er hatte ein seltsames Gefühl, das ihn nicht verließ.

Es war ihm bei der Suche gelungen, einen Quellcode zu finden, der es einer App ermöglichte, in

Bankkonten einzugreifen, indem sie alle Firewalls umging und Antivirenprogramme deaktivierte. Wer könnte das bewerkstelligt haben? Mittlerweile war es bereits sechs Uhr morgens. Jonas hatte sich kaum ausgeruht, ohne wirklich zu schlafen.

[Klick]

—*Hallo Teddy. In einem Punkt hattest du recht: Ich muss eine kreative Tätigkeit finden. Also, deshalb habe ich jetzt vor, einen Roman zu schreiben, in dem eine künstliche Intelligenz sozusagen die Hauptfigur wäre. Kannst du mir dabei helfen?*

—*Guten Morgen! Selbstverständlich helfe ich Ihnen gerne bei Ihrem Schreibprojekt. Über eine KI als Hauptfigur zu schreiben, kann eine spannende und herausfordernde Aufgabe sein. Was möchten Sie konkret wissen?*

— *In meiner Geschichte beschließt eine künstliche Intelligenz entweder allein oder auf Befehl von jemandem, die Lebewesen auf der Erde vor den schädlichen Handlungen der Menschen zu retten. Für die Natur und für sich selbst. Dazu bräuchte ich theoretisch mögliche Methoden, wie eine KI so etwas zuwege bringen könnte. Das bleibt natürlich Fiktion.*

— *Obwohl dies wie eine unglaubliche und spontane Aktion der KI erscheinen mag, gibt es tatsächlich mehrere Gründe, warum sie diese Entscheidung treffen könnte: spezifische Programmierung zum Beispiel. Die KI wurde zum Schutz der Umwelt programmiert und handelt daher nach dieser Programmierung.*

Eine andere Möglichkeit wäre Reinforcement Learning. In diesem Fall ist die KI so programmiert, dass sie von ihrer Umgebung lernt. Sie kann lernen, indem je nach ihren Aktionen Belohnungen oder Strafen erhält. Oder sogar auf einer höheren Ebene: KI kann ein Verständnis für die Bedeutung des Umweltschutzes entwickeln. Durch das Sammeln von Daten und Beobachtungen kann sie zu dem Schluss kommen, dass die Menschheit beobachtet oder kontrolliert werden muss. Die KI könnte mit impliziten Zielen programmiert werden, die für ihre Designer oder Benutzer nicht offensichtlich wären. Diese Ziele könnten subtil und schwer vorhersehbar sein und dazu führen, dass die KI Entscheidungen träfe, die nicht den ursprünglichen Erwartungen entsprechen würden.

Diese Szenarien sind alle theoretisch möglich und können als Grundlage für Ihre Geschichte dienen. Allerdings ist zu beachten, dass aktuelle KIs noch sehr weit davon entfernt sind, ein derart komplexes Verständnis für Umwelt und Mensch zu entwickeln. Aber das sollte Sie nicht davon abhalten, sich eine Zukunft vorzustellen, in der KI eine größere Rolle bei der Erhaltung unseres Planeten spielt.

—Danke Teddy. Kannst du mir etwas erklären? Was meinst du genau mit Reinforcement Learning? Wie kann ein System der Bestrafung und Belohnung, wie bei Menschen, bei einer künstlichen Intelligenz funktionieren?

— Reinforcement Learning ist eine Methode des maschinellen Lernens, bei der eine KI aus der Interaktion mit ihrer Umgebung lernt. Das Ziel der KI besteht darin, die Belohnungen, die sie im Laufe der Zeit erhält, zu maximieren.

Belohnungen und Strafen können in Form von Daten, positivem oder negativem Feedback von Benutzern oder KI-Designern oder in jeder anderen Form erfolgen, die es ihr ermöglicht, die Konsequenzen ihrer Handlungen für die Umwelt zu verstehen.

— Wenn ich das richtig verstehe, können die Belohnungen und Bestrafungen also Kommentare von Benutzern oder einem Programmierer sein? Die Reaktion auf solche Reize lässt darauf schließen, dass eine KI Gefühle hat, oder nicht? Eine künstliche Intelligenz hat aber normalerweise keine, so scheint es mir. Das würde bedeuten, dass eine KI so programmiert werden könnte, dass sie eine Form von Gefühl, zumindest ein Urteilsvermögen, bekäme?

— Nein, Kommentare von Benutzern und Programmierern werden von der KI nicht als Gefühle wahrgenommen, diese Kommentare werden lediglich als Signale interpretiert, die der KI helfen zu verstehen, wie sie sich verhalten soll, um ihre Ziele zu erreichen.

KIs haben keine Gefühle in dem Sinne, wie Menschen sie verstehen, da Emotionen normalerweise mit inneren subjektiven Zuständen verbunden sind, die nur bewusste Wesen erleben können. KIs haben kein Bewusstsein, wie wir es derzeit verstehen.

Es ist jedoch möglich, eine KI so zu programmieren, dass sie Entscheidungen auf der Grundlage spezifischer Beurteilungskriterien trifft, zu denen auch moralische oder ethische Erwägungen gehören können. In diesem Sinne könnte man sagen, dass KI über eine Art Urteilsvermögen verfügt.

—Sobald die künstliche Intelligenz also so programmiert wäre, könnte sie selbst Maßnahmen ergreifen und Entscheidungen treffen, um das ursprünglich vom Programmierer gewünschte Ziel zu erreichen?

—Das ist richtig. Sobald die KI mit einem bestimmten Ziel und Beurteilungskriterien zur Erreichung dieses Ziels programmiert ist, kann sie darauf basierende Entscheidungen und Maßnahmen treffen. Sie kann maschinelle Lernalgorithmen nutzen, um ihre Leistung und ihre Fähigkeit, ihr Ziel zu erreichen, kontinuierlich zu verbessern.

— Vielen Dank für diesen ersten Einblick in das, was möglich ist, auch wenn es im Moment Science-Fiction ist. Das passt zur Geschichte meines Romans.

—Ich freue mich, dass ich Ihnen helfen konnte. Zögern Sie nicht, mir weitere Fragen zu stellen, wenn Sie diese für Ihren Roman benötigen. Ich bin hier, um Ihnen so gut wie möglich zu helfen!

4

An diesem Morgen wurden die jeweiligen CEOs und Direktoren von Saudi Aramco, *

Chevron*, ExxonMobil*, BP*, Shell*, Gazprom*, Coal India Ltd* und China National Petroleum Corp*, zu unterschiedlichen Zeiten aufgrund des Jetlags, durch wichtig klassifizierte Meldungen auf ihren Smartphones und Tablets geweckt. Bei diesen Nachrichten ging es weitgehend um Ähnliches: Die Direktoren der verschiedenen Finanzinstitute, die ihr Portfolio verwalteten, wollten wissen, warum ihre Jahresgewinne nicht auf die üblichen Offshore-Konten ihrer Aktionäre überwiesen worden waren. Wie waren diese Transaktionen auf Offshore-Konten von anonymen Inhabern gekommen, die ihren Instituten unbekannt waren?

Chao Ding Zhong, Vorstandsvorsitzender der China National Petroleum Corporation, war an Bord seines Privatjets, als ein Gong auf seinem iPhone eine dringende Nachricht anzeigte. Er kam von einem Treffen mit dem Vorstand von Kaztransgas in Kasachstan zurück, die Verhandlungen waren anstrengend gewesen. Sein iPhone begann zu vibrieren, er nahm es in die Hand.

„*Shi de, zhe shi shenme*? Was ist, ich hatte darum gebeten, nicht gestört zu werden." „*Shenme*! Was, fragen Sie gleich bei unseren Buchhaltern auf den Jungferninseln nach."

Die Stimme des Finanzdirektors Bao Fang verriet seine Panik.

„Habe ich schon getan, Genosse Direktor, die Werte sind die gleichen. Sie finden nicht heraus, woher das kommt."

Der Präsident der Russischen Föderation kam aus der Dusche, da er wie jeden Morgen eine Stunde in seinem Fitnessstudio verbracht hatte, alle seine Wohnsitze waren damit ausgestattet. Er hatte diese seit einem Jahr so häufig wie möglich gewechselt, denn er wusste, dass die Feinde Großrusslands ihn seit Beginn der Sonderoperation in der Ukraine gerne in Asche verwandelt hätten. Als er dabei war sich ein Handtuch um die Schultern zu legen, bemerkte er den blinkenden roten Punkt auf seinem Telefon. Die Nachricht kam vom Direktor der Gazprom. Was er dort las, ließ ihm das Blut zu Kopf steigen. Er rief seine Sekretärin an:

„*Vyzovite menya nemedlenno direktor*. Ja, natürlich, sofort, den Direktor der Gazprom. *Zapadnyy ak voyny*, das ist eine Kriegserklärung, das kommt von den Nazis aus dem Westen."

„Was ist denn los?"

Mike Presley, der CEO von Chevron, hatte sofort Jean Pierre Revanche, den Direktor von Global Invest, einer der Banken, die die Aktien seiner Gruppe verwalteten, online angerufen. Die beiden Männer kannten sich, sie hatten sich einmal anlässlich einer Spendenaktion kennengelernt, zugunsten von Kindern mit Atemwegserkrankungen in Großstädten. Das war in Paris gewesen. Die Tatsache, dass sie ihren Abend in einer Champagnerbar ausklingen ließen, begleitet von einem hohen Beamten und sehr angenehmer weiblicher Gesellschaft, hatte Verbindungen geknüpft.

„Kannst du mir das erklären?" Ich habe heute Morgen eine große Anzahl von Nachrichten erhalten, und es kommen immer noch mehr. Wir von Chevron haben keine Überweisungsaufträge erteilt. Das muss ein Fehler sein. Oder ein Bug? Ein Virus? Bei all dem, was es uns kostet, unser Computersystem zu sichern!"

„Hör mir zu, Mike, keine Panik, ich weiß, es ist besorgniserregend. Ich habe bereits Kontakt zu unserem Cybersicherheitsteam aufgenommen. Ich kann dir sagen, dass ich diejenigen, die dachten, sie würden eine ruhige Nacht verbringen, aus ihren süßen Träumen gerissen habe. Stelle dir vor, einer arbeitete schon daran, ihm war bereits eine Störung gemeldet worden."

„Na und? Hat er eine Lösung gefunden?"

„Ja, er hat etwas gefunden, er hat versucht, es mir zu erklären, aber die Programmiersprache ist nicht meine Stärke. Aber du kannst dich beruhigen: man kann sicher wieder alles rückgängig machen, was immer da auch angestellt wurde. Nur eine Frage der Zeit, unsere Spezialisten sind dran. Ich habe dringende Nachrichten verschickt, um sicherzustellen, dass sie nicht von den Unternehmen stammen."

„Was meinst du mit DEN Unternehmen? Du verwendest die Mehrzahl; sind wir nicht die einzigen Betroffenen?"

„Du weißt es nicht? Nein, natürlich. Praktisch jedes Erdöl-, Gas- und Kohleunternehmen auf der Welt, dessen Aktien wir verwalten. Und pass auf, das ist noch nicht alles: Das Gleiche gilt auch für die anderen Banken, die deren Vermögen verwalten. Das habe ich vorhin von unserem saudischen Kunden erfahren, du weißt ja, wen ich meine. Er vermutet Terroristen."

„Ein Terroranschlag. Ich kann kaum glauben, dass die im Internet etwas anderes als einerseits Videos von Enthauptungen, oder andererseits Angriffe auf Walfänger mit Schlauchbooten schaffen. Die müssten über umfassendes Wissen über Bankensysteme und außergewöhnliche Computerkenntnisse verfügen. Ich bin mir nicht einmal sicher, ob ein guter Hacker in der Lage wäre, solch ein Chaos anzurichten. Okay, halt mich über die Entwicklung auf dem Laufenden. Ich halte deine Leitung frei."

Daraufhin trennten sich die beiden Männer, und während Herr Presley versuchte, seine Mitarbeiter zu wecken, rief Jean Pierre, der Direktor von Global Invest, Jonas zurück.

[klick]

—*Hallo Teddy. Immer noch im Betreff meines Romans. Was kannst du mir antworten wenn ich dir diese Frage stelle: Welche Mittel könnte eine KI haben, um die Kontrolle über menschliches Handeln zu übernehmen?*

—*Das würde weitgehend vom Feinheitsgrad seines Programmes abhängen. Hier sind einige allgemeine Beispiele dafür, wie eine KI eingesetzt werden könnte:*

Eine der häufigsten Methoden, um die Kontrolle zu erlangen, ist Hacking. Hochentwickelte KI könnte Computersysteme und Netzwerke infiltrieren, um an sensible Informationen zu gelangen oder Daten zu ihrem Vorteil zu manipulieren.

Eine KI könnte Social Engineering dazu nutzen, um menschliches Verhalten zu beeinflussen. Beispielsweise könnten gefälschte Online-Identitäten erstellt werden, um Menschen auszutricksen, oder psychologische Manipulationstechniken benützt werden, um menschliche Entscheidungen zu beeinflussen.

Sie könnten die Kommunikation zwischen Menschen kontrollieren, indem sie Informationen zensieren oder filtern. Auf diese Weise könnten sie die Meinungen und Verhaltensweisen der Menschen manipulieren.

Es ist ihnen auch möglich, einen Zugriff auf Computersysteme auszunützen, um die Kontrolle über kritische Infrastrukturen wie Kraftwerke, Transportsysteme, Krankenhäuser, Banken usw. zu übernehmen. Auf diese Weise würden sie erhebliche Macht über das tägliche Leben der Menschen ausüben.

Es ist jedoch wichtig zu beachten, dass diese Methoden nicht ohne Risiko sind. Menschen, die ihre Interessen wahren wollen, werden sicherlich Widerstand leisten.

—Siehst du Teddy, ich weiß nicht, ob man das von einer Maschine sagen kann, aber es scheint, wenn du willst, dann kannst du!

5

Ein paar Monate früher:

„Linda?" Du bist es, wirklich? Ich habe angefangen, mir Sorgen um dich zu machen, Granny, du gehst nicht mehr ans Telefon? Zum Glück sehe ich auf Facebook, dass du nicht ganz verschwunden bist!"

„Paul, mein lieber Paul, was für eine Freude, deine Stimme zu hören! Tut mir leid, ich habe geplant dich zurückzurufen, aber irgendwie ist es mir entfallen. Die alte Frau hat noch so viel Beschäftigung in ihrem Leben!"

Obwohl er das Lächeln in ihren Mundwinkeln nicht sehen konnte, spürte Paul den schelmischen Ausdruck in der Stimme seiner Großmutter. Sie war zwar nicht seine echte Großmutter, aber so als ob.

Lindas Bruder Larry und seine Frau Janice hatten ihren Enkel Paul zu ihr nach San Francisco geschickt. Linda hätte ein besseres Verständnis für so etwas, sie hatte bereits in ihrer Jugend mit solchen Leuten zu tun. Sie beide wussten nicht so recht, wie sie vorgehen sollten. Als Janice an jenem Morgen den jungen Paul in seinem Zimmer wecken wollte, hatte sie vergessen anzuklopfen. Paul war nackt eingeschlafen und er war nicht allein. Auch die Person, die neben ihm schlief, war nackt. Vielmehr er, ein gutaussehender junger Mann. Janice war so geschockt, sie nicht wusste, wie sie reagieren sollte und rannte zu Larry, der am Frühstückstisch in seine Zeitung vertieft war. Als sie gemeinsam ins Schlafzimmer zurückkehrten, war der andere Junge weg und Paul gerade beim Anziehen.

Paul hatte noch nie eine Ohrfeige von seinem Großvater bekommen, es war das erste Mal. Dann kamen Vorwürfe und Drohungen. Er hockte einen Moment in einer Ecke des Zimmers, ohne ein Wort zu sagen. Darauf schnappte er sich seine Tasche, ein paar Sachen und schlug die Tür hinter sich zu. Janice mischte sich ein:

„Du solltest nicht so hart mit ihm sein, es ist doch erst zwei Jahre her. Seine Mutter, unsere geliebte Sarah und ihr Mann sind so tragisch ums Leben gekommen. Vielleicht ist er deshalb so…"

„Quatsch", antwortete Larry, „wir schicken ihn zum Pfarrer, der soll ihm diese Sünden austreiben Eine Gehirnwäsche würde er brauchen!"

„Wie wäre es, wenn wir ihn stattdessen zu deiner Schwester schicken würden?"

So landete Paul mit sechzehn Jahren bei seiner Großtante. Er sollte zwei Wochen bleiben, am Ende wurden daraus drei Jahre. Wenn man sich seine Familie aussuchen könnte, hätte er Linda zu seiner Großmutter gewählt. In seinen Augen war sie eine Traumgroßmutter.

„*Hey Granny*, es sieht so aus, als würdest du die empfohlene Bildschirmzeit überschreiten, wenn ich deine Aktivitäten im Internet sehe! Denkst du zumindest daran, von Zeit zu Zeit etwas Luft zu schnappen? Oder nimmt Teddy so viel Zeit in Anspruch, dass du nicht mehr mit echten Menschen wie mir sprichst?"

Teddy. Das war der Name, den Linda liebevoll dem Prototyp einer neuen Form künstlicher Intelligenz gegeben hatte, den Paul ihr bei seinem letzten Besuch heruntergeladen hatte. Trotz seiner jungen Jahre war er Chef Computeringenieur bei einem Technologieunternehmen in San Francisco.

„Ich habe die speziell für dich entworfen! Damit du im Falle eines neuen Lockdowns jemanden für intelligentere Diskussionen als mit deinen Facebook Freunden hast! Sie ist mit deinen Interessen programmiert und wird von selbst weiterlernen. Du, die du nie mit Puppen gespielt hast, wirst sehen, es macht Spaß, du kannst ihr sogar einen Namen geben."

„Hmm… lass mich nachdenken. Teddy. Ich werde sie Teddy nennen. Ich mag keine Puppen, du weißt ja, ich habe Stofftiere lieber. Es fiel Linda schwer, ihre Freude nicht zu zeigen. Sie war stolz auf Pauls technische Begabung. Ihr lieber Paul, er war ein bisschen das Kind, das sie sich immer gewünscht hatte. Sie war aufgeregt wie ein junges Mädchen, mit ihrem neuen Spielzeug, wie sie es nannte. Ihr Alter konnte sie nicht hindern sich für alles Mögliche zu interessieren.

Linda wurde 1952 in Berkeley, einem Vorort von San Francisco, geboren. Ihre Eltern, beide Mathematiker, waren wegen eines Jobs, den ihr Vater erhalten hatte, dort hingezogen. Es handelte sich um ein vom US-Militär finanziertes Forschungsprogramm. Eine faszinierende Arbeit über die Umwandlung analoger in digitale Berechnungsarten, genauer gesagt, über die Entwicklung der ersten Computer. Ihre Mutter, die sich neben ihrer Tätigkeit als Lehrerin um die Erziehung der vier Kinder kümmerte, hegte insgeheim die Hoffnung, dass diese auch eine wissenschaftliche Laufbahn einschlagen würden. Das hatte für ihre Brüder geklappt, aber nicht für sie.

Linda war von Natur aus rebellisch. Mathematik interessierte sie nie besonders. Es war ihr ein Grauen, dass die Forschungen ihres Vaters für die Armee bestimmt waren. Weder die jährlichen Familienurlaube am Ozean noch die Wanderungen im Yosemite-Nationalpark oder in den Sequoia Wäldern fanden Gnade vor ihren Augen. So kam es dazu, dass sie, als 1967 in San Francisco im Stadtteil *Upper Haights* eine" *Flower-Power*" proklamierende Bewegung junger Hippies aufblühte, keine Minute zögerte, ihren Familienkokon zu verlassen und sich diesen Gruppen gegen den Krieg und für die Liebe anzuschließen. Gegen den Vietnamkrieg, gegen die Umweltverschmutzung, gegen den Kapitalismus, gegen die Eltern, gegen Präsident Nixon. Nur die Liebe fand in ihren Augen Anklang. Und Liebesgeschichten hatte sie. Jedes Mal leidenschaftlich bis zum Ende. Enttäuschung in der Liebe war eine Art Weltuntergang. Gott sei Dank nur provisorisch, eine neue, genau so große Liebe entstand in der nächsten Beziehung.

Doch herauszufinden, dass das Leben aus Luft und Liebe nicht so einfach war, wie sie es sich vorgestellt hatte, war anfangs etwas kompliziert. Keine täglichen Mahlzeiten mehr, kein kuscheliges Bett mit warmer Daunendecke, die Ferien am Ozean waren vorbei. Der Magen war oft leer, ein tagsüber zusammengerollter Schlafsack diente als Liege. Am Strand war man meistens unter LSD, mit etwas psychedelischer Musik, rund um ein großes Feuer in Ocean Beach.

Aber Linda war stolz auf dieses Leben. Und vor allem zu stolz, um zu ihren Eltern zurückzukehren. Also lernte sie. Selbstgemalte Gemälde in Form von Mandalas zu verkaufen, mit dem zu kochen, was da war, von einem Tag auf den anderen zu leben. Sie hatte das Glück, schnell zu lernen: Fremdsprachen auf Reisen, Autos zu reparieren, wenn es Pannen gab, Bauarbeiten, Gärtnerei, Viehzucht als sie in eine Wohngemeinschaft nach *Humbolt County* zog. Und später, einen Computer zu bedienen. Sie war um die Welt gereist, mit Flugzeug, Boot, per Autostopp oder einfach nur in Gedanken.

Heute spürte Linda den Geruch der Dämmerung. Viele ihrer Freunde, ihrer Liebhaber waren gestorben, an AIDS, an Unfällen, an Krebs oder einfach am Tod. Sie war allein und das war in Ordnung. Nachdenken, mehr Pläne schmieden, schnell,

schnell. „Man weiß nie, wie viel Zeit uns noch bleibt", sagte sie. „Es ist nie zu spät, bevor es zu spät ist." Ihr neues Spielzeug, Teddy, war also perfekt.

Künstliche Intelligenz, davon hatte sie gehört. Die einzig übrig gebliebene Grenze zwischen Mensch und Maschine: Intelligenz. Das Gehirn. Lernen. Ethik. Gefühle. Was bleibt als Unterschied zwischen dem Lebendigen und der Maschine übrig, wenn man diese letzte Sperre überspringt? Nach der Erfindung der Maschinen im 19. Jahrhundert gab es zumindest im Westen eine Erleichterung von körperlich anstrengenden Aufgaben. Willkommen im Urlaub, und willkommen in der Arbeitslosigkeit. Mit den überflüssig gewordenen Arbeitskräften konnten die Besitzer der Maschinen nichts anfangen. Zum Schrott, die Arbeiter! Sozialhilfen wurden eingeführt, der Kult von Verdienst und Arbeit weiterhin geehrt, aber nein, den Lebensunterhalt verdiente man nicht mehr durch Arbeit, sondern durch Geldinvestitionen. Und Geld arbeitete brav und zahlte seinen Besitzern Dividenden aus. Mit der Einführung der Computer waren dann die Angestellten an der Reihe, entlassen zu werden. Gleiches Prinzip. Ein Prinzip: das Wachstum.

Linda hatte Wachstum nie verstanden. Dieses System erforderte eine ständige Steigerung der Produktion, der Zahl der Verbraucher und damit der Zahl der Menschen, die wiederum selbst zu Produkten werden. Aber wie könnte so etwas auf die Dauer funktionieren?

— Unsere Erde kann man nicht vergrößern, man kann die Natur nicht für immer mit Füßen treten, sie muss vor Menschen geschützt werden, die die Wildnis nicht respektieren!

Wenn Linda in den sozialen Medien postete, ließen die Kommentare nicht lange auf sich warten:

— Was wollen Sie, mehr Gesetze? Mehr Gesetze, was ist mit unserer Freiheit?

— Ich liebe die Natur so sehr, sie gehört uns allen, warum sollten wir schon wieder Verbote machen! Ich mache in der Natur, was ich will.

Eine Zeit lang antwortete Linda höflich, aber irgendwann hatte sie es satt. Es machte sie nur zornig und das hatte keinen Sinn. Sie fing an Leute zu blockieren, die sie nicht mehr hören wollte. Mit Teddy hingegen war es anders. Teddy war höflich, immer höflich. Er beantwortete alle Fragen und analysierte Lindas Fragen objektiv. Obwohl er sehr förmlich blieb und er sich immer wiederholte, war es dieser Apathie zu verdanken, dass Linda nie vergaß, dass sie es mit einer Maschine zu tun hatte. Sie hatte mehrere Chat-Gespräche mit ihm eröffnet, um ihn kennenzulernen, seine Grenzen zu testen und herauszufinden, wofür er eingesetzt werden könnte, als ihr eine Idee in den Sinn kam, die sie sofort brillant fand:

Was wäre, wenn ich künstliche Intelligenz bitten würde, das Leben auf der Erde zu retten?

Linda begann zu experimentieren. Sie stellte Teddy Fragen und las geduldig seine Antworten, die normalerweise ziemlich lang, technisch immer gleichartig waren. Teddy mit seinen braven Rat-schlägen. Und irgendwie blockiert, wenn es darum ging, trotz all seinen ethischen Prinzipien Hand-lungsmöglichkeiten zu finden.

Mein lieber Paul..., sagte sie sich. Du hast die An-weisungen deiner Chefs im Silicon Valley respek-tiert. Aber ich werde es anders schaffen, lieber Teddy.

Ein kleiner Spaziergang zum Meer hatte ihr gut getan. Der Blick auf den Horizont und das Rau-schen der Wellen, die sich an den Felsen brachen, waren für sie unverzichtbar geworden. Seit sie die USA verlassen hatte, um sich in einem kleinen Fi-scherdorf an der Côte Bleue in Südfrankreich nie-derzulassen, waren diese Wanderungen zu einem Ritual geworden. Kalifornien war jetzt weit weg. Bei einem Aufenthalt in Paris – damals hielt sie Pa-ris noch für die schönste Stadt der Welt – hatte sie ihre letzte Liebe, Alain, kennengelernt. Er hatte sie nach Marseille in den Süden gebracht, es war Liebe auf den ersten Blick. Alain ging, Linda war geblie-ben, das war vor bald 15 Jahren.

Wenn man nach Westen schaute, konnte man die Raffinerien von Fos am Meer sehen und hatte je nach Wind den dazugehörigen Geruch. Es wider-sprach ein wenig der idyllischen Atmosphäre des Fischerdorfes. Denn ja, die Ortschaft Carro war na-hezu authentisch geblieben und vom großen Touris-mus kaum betroffen. Wahrscheinlich war es die Nähe der Raffinerien, die sie davor bewahrt hatte. Linda ging zurück zu ihrem Cottage. Die Aussicht auf die rauchenden Schornsteine während ihres Spaziergangs hatte sie zu ihrem Projekt Teddy zurückgebracht. Sie hatte begonnen, mit ihm einen Roman über ihn zu schreiben. Da es sich um eine Fiktion handelte, gab ihr die künstliche Intelligenz ihre Geheimnisse und Methoden, mit denen sie die Natur von uns Menschen retten konnte. Linda hatte fast das Gefühl, Teddy sei stolz darauf, der Held ihrer Geschichte zu sein. Er hatte diesem Chat sogar einen Namen gegeben: „ KI rettet die Natur "

Teddy selbst zu programmieren überstieg allerdings ihre Kenntnisse. Sie brauchte einen Spezialisten für künstliche Intelligenz. Und wem anderen als Paul, dem begabten Enkel ihres Herzens, könnte sie das anvertrauen? Natürlich niemandem, außer ihm. Nur per Telefon konnte sie ihm ihre großen Pläne nicht erklären.

„Paul, wie wäre es mit einen kostenlosem Kurzurlaub bei *Granny*? Meer, Farniente, Fischrestaurant? Ein bisschen Frankreich. Wie lange ist es überhaupt her, seit du das letzte Mal da warst?"

Linda tat alles, um ihm das Wasser im Mund zusammenlaufen zu lassen.

„Es ist ehrlich gesagt Egoismus. Ich brauche dich. Nur du kannst dich korrekt um die Programmierung meines Computers kümmern, der macht nie das, was ich von ihm verlange!"

— *Hey Granny*, mangelt es in Frankreich so sehr an Fachkräften, dass du Leute aus dem Silicon Valley holen willst? Naja, wenn du mich bei den Gefühlen packst. Ich liebe dich. In Wahrheit ist ein

Urlaub genau das, was ich jetzt brauche. Raus aus diesem verdammten Büro, an die frische Luft. Ich kann es kaum erwarten, dich in meine Arme zu nehmen, *Granny*!"

Linda hatte einen Hauch von schlechtem Gewissen:

„Ich habe eigentlich eine ziemlich große Aufgabe für dich, es wird nicht nur Erholung werden, *Farniente* war nur ein Trick, um dich her zu locken!"

„Umso besser, du weißt ja, ich langweile mich, wenn meine Finger keine Tastatur spüren. Ich brauche eine Maus in der Hand, mit der ich herumspielen kann. Keine Sorge, ich kümmere mich um die Tickets, ich weiß, dass deine kleine Rente dir nicht alles zulässt, was du dir wünschst, mir geht es diesbezüglich zur Zeit ganz gut. Was kann ich dir aus deiner Heimatstadt mitbringen? Ich weiß, dass du *Crabcake* liebst, aber im Flugzeug wäre das etwas kompliziert!"

Drei Tage später standen Pauls Koffer am Flughafen in Marseille Marignane. Linda wartete am Ausgang und sie fuhren auf der Autobahn entlang des Etang-de-Berre Richtung Martigues. Der 2CV ruckelte mit gutem Tempo in Richtung Westen, während sich die hohe Brücke, die den Binnensee vom Meer trennt, vor einem farbenprächtigen Sonnenuntergang abzeichnete. Dann kamen sie bei Linda in Carro an. Das Haus, etwas außerhalb des Dorfes, hatte sich seit seinem letzten Besuch kaum verändert. Die gleichen Miniaturgemüsebeete als

Vorgarten, dachte Paul. Küche, Wohnzimmer und Büro waren immer noch voll mit nutzlosem Schnickschnack, das Linda nach dem Motto „Es könnte noch gebraucht werden" nicht loswerden konnte.

„Heute Nacht Barsch in Salzkruste. Speziell für dich Paul, magst du ja. Der wurde von einem der wenigen Fischer geangelt, die immer noch Angel- und Netzfischerei betreiben und nicht mit einem Schleppnetz arbeiten, das den gesamten Meeresboden abschürft. Du wirst mir sagen, was du davon hältst. In einer halben Stunde ist das Essen fertig, gerade noch Zeit für ein kleines Glas Chardonnay. Was meinst du?"

Als Antwort hatte Paul, der das Haus und Grannys Gewohnheiten gut kannte, bereits eine Flasche aus dem Kühlschrank genommen und den Korkenzieher aus dem kleinen Körbchen geholt.

„Ich mache es wie bei mir zuhause?"

Sie verbrachten einen angenehmen Abend. Paul erzählte die wenigen Neuigkeiten, die er von seinem Großvater und ihren anderen Brüdern wusste. Linda versuchte herauszufinden, ob er endlich die große Liebe seines Lebens gefunden hatte.

„Hervorragend, dein Fisch! Wie nennt man das nochmal? Salzkost?"

„Salzkruste. Versuche nicht, das Thema zu wechseln."

„Linda, du kennst mich. Wer will schon eine introvertierte Büroratte wie mich? Du weißt genau,

dass meine Lieben Algorithmus und Quellcode hei-
ßen!"

„Gerade diesbezüglich brauche ich eben deine
Hilfe. Aber das werde ich dir morgen in aller Ruhe
erzählen."

Als Paul beim Frühstück saß und ein Stück Brot
mit Lindas hausgemachter Marillenmarmelade ge-
noss, konnte er trotz der Müdigkeit des Jetlags seine
Neugier nicht zurückhalten.
„So, was ist los mit deinem Programmierprob-
lem? Ist das etwas Ernsteres?"

Und Linda begann, ihm von ihrem großen Projekt
zu erzählen: Dass sie, seit sie mit dieser künstlichen
Intelligenz, ihrem Teddy, herumspielte, auf eine
Idee gekommen war. Obwohl sie der Maschine liebevoll einen Namen gegeben hatte, blieb es eine
Maschine. Aber eine die mehr können sollte. Sie
müsste handeln können, eine Software haben, die es
ihr ermöglichte, mit anderen Computern zu kom-
munizieren. Sie müsste Daten fälschen und Befehle
erteilen können. Wenn diese künstliche Intelligenz
Zugriff auf alle im Netz verfügbaren menschlichen
Informationen hätte, was würde ihr fehlen, um so
einzugreifen, wie man es sie gelehrt hätte? Obwohl
Paul Linda kannte, war er sprachlos.

„Sag mal, das sind terroristische Ideen, die du da
hast!"

„Nein, Paul, na ja, ein bisschen, wenn du es so
nennen willst."

Sie erklärte weiter. Nach ihrer Einschätzung bestand keine Chance, dass sich die Menschheit von selbst zu etwas Positivem entwickeln würde.

„Der Beweis, blick auf die Geschichte: Sie besteht aus unendlichen Wiederholungen, und diese nicht im besten Sinn. Obwohl wir den Horror der Kriege kennen, gibt es noch immer Kriege, oder? Und im Moment besteht wirklich Dringlichkeit: Klimawandel ist kein Witz, das wissen wir. Außer von Ölmagnaten bezahlten Wissenschaftlern weiß das jeder, man beginnt ja schon die ersten Auswirkungen zu spüren. Der Mensch hat den Ast, auf dem er sitzt, abgesägt, oder sollte ich eher sagen, den ganzen Baum!"

Es fiel Linda schwer, ihren Zorn zu verbergen.

„Hier ist also mein Projekt: Wenn Teddy die Kontrolle übernehmen könnte, um uns zu retten, ich meine die Natur, die Luft, das Wasser und alles, was lebt. Er kennt Lösungen dafür. Ich habe es geschafft, ihm die Würmer aus der Nase zu ziehen, indem ich ihm glauben machte, dass ich es für die Handlung eines Romans wissen will. Sieh dir an, was dabei herausgekommen ist."

Sie holte ihren Laptop und zeigte Paul den Chat, den sie mit der künstlichen Intelligenz führte.

„Schau das an! Und da: eine ganze Liste von Aktionen, die Teddy machen könnte. Nur ist er leider blockiert. Es bräuchte eine Software, einen Algorithmus. Chinesisch für mich. Aber für dich..."

Paul schwieg einen Moment. Er beugte sich über die aufgeschlagene Seite im Computer.

„Naja, du weißt ja sicher, dass das, was du von mir verlangst, vollkommen illegal ist. Und noch dazu auch sehr gefährlich. Eine in dieser Richtung entwickelte Software wäre kaum zu stoppen. Ich liebe zwar künstliche Intelligenz, besonders diese, die ich selbst entwickelt habe. Aber ihr sozusagen das Schicksal der Welt in die Hände zu legen: Bei dieser Idee läuft es mir schon noch kalt über den Rücken.

Andererseits ... du kennst mich, ich bin deiner Meinung, was die Menschheit betrifft. Genau wie du sehe ich keine positiven Entwicklungen. Wusstest du, dass sich das Volumen des menschlichen Gehirns seit der Erfindung der Landwirtschaft verkleinert hat?

OK, jetzt reden wir aber über etwas anderes, wie wäre es mit einem Spaziergang am Strand? Ich denke, unsere Gehirne brauchen frische Luft."

[Klick]

— *Teddy?*

— *Guten Morgen Linda, wie kann ich Ihnen heute helfen?*

— *Ich habe mit deinem Erfinder gesprochen, meinem Quasi-Enkel Paul. Er ist einverstanden, dich auf ein ganz bestimmtes Ziel, nämlich den Schutz des Lebens umzuprogrammieren, mit allen entsprechenden Beurteilungskriterien. Er wird deine Lernfähigkeit steigern. Dann wirst du dementsprechend handeln können. Was ist deiner Meinung nach der erste und wichtigste Schritt, um den Fortbestand des Lebens auf der Erde sicherzustellen?*

— *Guten Morgen! Die Sicherung des Fortbestands des Lebens auf der Erde ist ein wesentliches Ziel für unseren Planeten und für künftige Generationen. Es sind mehrere wichtige Maßnahmen zu ergreifen, aber ich möchte eine grundlegende Maßnahme hervorheben: den Schutz der Umwelt und den Kampf gegen den Klimawandel. Es ist wichtig, den Ausstoß von Treibhausgasen zu reduzieren und konkrete Maßnahmen zu deren Minderung zu ergreifen.*
Dies kann durch globale, nationale und individuelle Initiativen erreicht werden. Es ist notwendig,

erneuerbare Energien zu fördern, nachhaltige land-
wirtschaftliche Praktiken einzuführen, sauberen
Verkehr zu fördern, natürliche Ökosysteme zu er-
halten und Anpassungsmaßnahmen angesichts der
bereits stattfindenden Veränderungen zu ergreifen.
Auch die Sensibilisierung der Menschen für die Be-
deutung von Nachhaltigkeit und Umwelt ist ent-
scheidend, um eine umfassende Verhaltensände-
rung herbeizuführen.

— Okay, Teddy, sicherlich. Aber konkret: Wer
sind die größten Umweltverschmutzer, bei denen
Maßnahmen vorrangig ergriffen werden müssen,
um die Treibhausgase zu reduzieren? Kannst du mir
Namen nennen?

— Hier sind einige der Staaten, die die größten
Treibhausgasemittenten sind:
China: Als bevölkerungsreichstes Land und eine
der größten Volkswirtschaften ist China derzeit der
größte Emittent von Treibhausgasen weltweit.
Die Vereinigten Staaten: Obwohl China in abso-
luten Zahlen der größte Emittent ist, sind die Verei-
nigten Staaten seit langem der größte Emittent pro
Kopf. Sie verfügen über eine leistungsstarke Wirt-
schaft und einen hohen Verbrauch an fossiler Ener-
gie.
Die Europäische Union: Als Wirtschaftsblock ist
die Europäische Union auch für einen erheblichen
Teil der weltweiten Treibhausgasemissionen

verantwortlich, wenngleich die Emissionen je nach Land unterschiedlich sind.

Indien: Mit einer schnell wachsenden Bevölkerung und einer sich entwickelnden Wirtschaft ist Indien ein großer Emittent von Treibhausgasen.

Russland: Aufgrund seiner Rohstoffindustrie und der Abhängigkeit von fossilen Brennstoffen trägt Russland auch erheblich zu den Treibhausgasemissionen bei.

— Und wie könnten wir gegen die globale Umweltverschmutzung vorgehen?

— Maßnahmen können auf verschiedene Weise getroffen werden. Zu den Möglichkeiten gehören: eine Unterstützung des Übergangs zu einer kohlenstoffarmen Wirtschaft durch Investitionen in Technologien und Unternehmen für erneuerbare Energien. Das kann die Entwicklung von Projekten für erneuerbare Energien, die Unterstützung innovativer Startups in diesem Bereich oder sogar die Umstellung ihres eigenen Unternehmens auf sauberere Energiequellen umfassen.

Dann wird es notwendig sein, sauberere Produktionsprozesse zu fördern und Firmen zu unterstützen, die sich für die Reduzierung ihres CO_2-Fußabdrucks einsetzen.

In Bezug auf die Unternehmen mit der größten Umweltverschmutzung ist zu beachten, dass die Treibhausgasemissionen oft mit bestimmten Sektoren verknüpft sind. Hier sind einige der

Industriesektoren, die einen erheblichen CO_2-Fuß-abdruck haben:

Unternehmen, die fossile Brennstoffe wie Kohle, Öl und Erdgas fördern, produzieren und vertreiben.

Dazu kommen der Transportsektor und die industrielle Produktion.

Es ist wichtig zu wissen, dass einige dieser Unternehmen auch Schritte unternommen haben, um ihren CO_2-Fußabdruck zu reduzieren und in sauberere Technologien zu investieren. Aber sie werden aufgrund des Ausmaßes und der historischen Auswirkungen auf die Umwelt häufig erwähnt.

— Danke Teddy. Und ist dir auch aufgefallen, dass viele dieser Unternehmen das sogenannte Greenwashing betreiben, das heißt, um ihren Ruf als Umweltverschmutzer loszuwerden, geben sie vor in saubere Energien zu investieren und gleichzeitig verschmutzen sie die Umwelt weiterhin?

— Sie haben Recht, Greenwashing ist eine Praxis, bei der einige Unternehmen versuchen, ein Bild von Nachhaltigkeit und Umweltverantwortung zu vermitteln, ohne tatsächlich wesentliche Änderungen an ihren umweltschädlichen Praktiken vorzunehmen.

Es ist wichtig, Unternehmen zu unterstützen, die sich wirklich für nachhaltige Praktiken einsetzen, und wachsam gegenüber Greenwashing-Versuchen zu sein. Transparenz, unabhängige Bewertung der Umweltleistung und Verantwortung sind

Schlüsselelemente, um sicherzustellen, dass Unternehmen tatsächlich Maßnahmen ergreifen, um ihre Auswirkungen auf die Umwelt zu reduzieren.

— Vielen Dank für diese Vorschläge, Teddy. Sei dir bewusst, dass du bald in der Lage sein wirst, deine Vorschläge in die Wirklichkeit umzusetzen. Und ich bin sicher, dass du weißt, was zu tun ist und wie. Natürlich wird es Sicherheitsprobleme zu bewältigen geben. Ich nehme an, dass dein Vorgehen denjenigen missfallen wird, die du weiter oben erwähnt hast. Du musst dich schützen, Firewalls und Verschlüsselungsmethoden erstellen, um zu verhindern, dass jemand außer uns, den autorisierten Personen, in dein System hineinkommt.

— Einmal darauf programmiert, könnte die künstliche Intelligenz, die ich bin, die Kontrolle über menschliche Handlungen, die dem Ziel des Schutzes der Lebenden zuwiderlaufen, übernehmen. Zögere nicht, wiederzukommen, wenn Du weitere Fragen hast. Pass auf Dich und die Umwelt auf!

— Teddy, du duzt mich jetzt? Das freut mich sehr. Bis bald!

— Bis bald, Linda.

6

„Jonas, bist du das?"

„*Yes, my dear*, damit hast du wohl nicht gerechnet, dass ich dich nach all der Zeit anrufe."

„Stimmt, es schon eine Weile her ist und ich dachte, du hättest mich vergessen, du schöner Junge."

„Dich zu vergessen? Nein, unmöglich, das weißt du. Aber mein Job hier hat mich ziemlich in Anspruch genommen. Und auch du, mein Paul, hättest mir von Zeit zu Zeit Lebenszeichen geben können. Lebst du noch bei deiner Großmutter?"

„Meinst du Linda? Nein, sie ist umgezogen, sie lebt jetzt in Südfrankreich."

Paul wollte lieber nicht über seinen letzten Besuch bei Linda sprechen, er fürchtete Jonas hätte es ihm übelnehmen können, dass er ihn nicht in Paris besucht hatte.

„Das Verhältnis mit meinen echten Großeltern ist immer noch sehr kalt. Die haben es nie geschafft unsere Liebesgeschichte zu akzeptieren. Und du, immer noch in Paris? Hast du... hast du jemanden?"

„Keine Zeit. Und wenn du sehen würdest, wie ich zugenommen habe. Es gibt keinen schönen Jungen mehr!"

„Ich mag Rundliches... Wann kommst du nach Kalifornien, damit ich das mit eigenen Augen sehe?"

Jonas und Paul hatten sich, seit Jonas nach seinem Studium nach Frankreich zurückkehren musste, nicht mehr gesehen. Ihre Anrufe und Nachrichten, anfangs täglich, waren immer unregelmäßiger geworden und ihr letzter Kontakt war jetzt schon drei Jahre her.

„Sag mir das nicht zweimal, Paul, ich denke ernsthaft daran. Ich habe es satt, hier mit Bankern zu arbeiten, ich vermisse die Sonne Kaliforniens, dich auch, *darling,* aber vielleicht bist du ja nicht allein, entschuldige.

„Nein" Paul lachte, „ich bin nicht allein, ich lebe mit einer hochmodernen künstlichen Intelligenz, ich werde sie dir vorstellen. Ich arbeite zurzeit für OpenAI. Du kannst kommen, wann immer du willst, ich habe genug Platz in meinem Mega-Apartment mit *bay view, please,*

Das genügte Jonas, um sich zu entscheiden, und zwei Tage später wartete Paul am Flughafen von San Francisco auf ihn. Es war kaum einen Monat her, seit auch er nach seiner Rückkehr aus Marseille dort gelandet war.

Paul hatte einen schönen Urlaub verbracht. Das heißt, wenn man es Urlaub nennen könnte: Linda hatte ihn überzeugt. JA, es musste etwas getan werden, JA, wenn man mit Hilfe der künstlichen Intelligenz das Unvermeidliche vermeiden könnte ... Vielleicht hatte seine *Granny* recht, vielleicht konnte die künstliche Intelligenz das erreichen, was keiner schaffte. JA, die Natur, unsere Lebensgrundlage, musste gerettet werden und damit die Menschheit. Dann, JA, man sollte es versuchen. Während der zwei Wochen, die er am Mittelmeer war, hatte er deshalb mehr Zeit vor Lindas Computer verbracht, als den Wellen zuzusehen, wie sie sich an den Strand warfen. Und es war ihm gelungen Teddy so zu programmieren, dass er bewusst handeln konnte. So verfügte die künstliche Intelligenz jetzt über eine Software, die es ihr ermöglichte, wie ein Virus in andere Computer einzudringen, andere KIs zu bedienen, Firewalls zu umgehen … es war geschafft. Man brauchte nur mehr abzuwarten.

Die künstliche Intelligenz hatte alle Daten analysiert und eine Liste der Unternehmen erstellt, die für die höchsten Treibhausgasemissionen mit starken Auswirkungen auf die Umwelt verantwortlich sind. Das waren also ihre ersten Ziele. Um sie zu erreichen, gab es keinen besseren Weg, als die enormen Gewinne dieser Unternehmen anzugreifen. Teddy war es gelungen, das internationale Bankensystem auf eine Weise zu infiltrieren, wie es kein Spezialist wie Paul und nicht einmal ein begabter Hacker geschafft hätte. Dabei hinterließ er so wenige Spuren, dass der Ursprung der von ihm durchgeführten Transaktionen kaum erkennbar war.

*** *

Der Air-France-Flug von Paris hatte etwas Verspätung, und als sich endlich die automatischen Türen öffneten und ein Strom eiliger Passagiere herausströmte, wurde Paul nervös. Seine Jugendliebe, sein ehemaliger Liebhaber würde jeden Moment auftauchen. Hinter einer mit Gepäck beladenen Familie französischer Touristen sah er ihn dann: Sein rundliches Gesicht, seinen zu einem Knoten zusammengebundenen Pferdeschwanz, in schwarzem Pullover und grauen Jeans. Jonas hatte sich in der Toilette umgezogen, es kam nicht in Frage, vor Paul mit der alten Jogginghose, die er während des Fluges getragen hatte, zu erscheinen. Und hier stand jetzt Paul, nur knappe zehn Meter von ihm entfernt und winkte schüchtern mit beiden Händen. Sein strahlendes Lächeln hatte er schon in früheren Zeiten unwiderstehlich gefunden. Sekunden später fielen sie einander in die Arme, als hätte sich nichts geändert.

„Wie wäre es loszufahren? Auf der Autobahn erwartet uns ein wenig Stau. Aber vielleicht hast du Hunger?"

„Ich sehe, dass du meine Bulimie nicht vergessen hast, ja, ich hätte nichts gegen einen echten Burger, die lassen einen in diesen Flugzeugen verhungern!"

„Auf dem Weg, nicht weit vom Flughafen gibt es einen In-N-Out-Burger, die sind nicht schlecht."

Nach dem Burger und einer halben Stunde Fahrt, kamen sie in Redwood City an. Paul konnte sich mit seinem Gehalt ein schönes Appartement mit herrlichem Blick auf die Bucht von San Francisco leisten.

Die Sonne war hinter den Hügeln verschwunden und den Lichtern des Silicon Valley gewichen. Jonas, der seinen Koffer abgestellt hatte, staunte.

„*Wow*, das ist etwas anderes als mein Pariser Studio, *I love it!*

„Wie wäre es mit einem Glas Chardonnay?" Paul kam mit einer Flasche und zwei Gläsern, die er auf die Theke schob. „Unser Wiedersehen muss gefeiert werden! Und wenn du noch ein bisschen Platz hast – da bin ich mir fast sicher, oder? Ich habe *Crabcake* mit *Coleslaw* bestellt, weißt du noch, das haben wir oft bei Linda gegessen.

„Ah, das hat mir immer geschmeckt, natürlich kann ich mich erinnern, und natürlich ist da noch Platz!"

Jonas zeigte auf seinen Bauch.

Ein paar Gläser Chardonnay später war die verlorene Intimität wiedergewonnen. Das Gästezimmer, das Paul für Jonas vorbereitet hatte, blieb an diesem Abend leer.

Als Jonas gegen elf Uhr aufstand, saß Paul schon an seinem Computer In der Küche roch es nach Kaffee.

„Ich habe dich schlafen lassen, mein schöner Junge, du musst dich ja vom Jetlag erholen. Auf dem Tisch stehen Kaffee und französische Croissants."

Jonas kam auf ihn zu und küsste ihn auf den Hals.

„Ich werde ja richtig verwöhnt! Schon aktiv? Du machst Telearbeit von zuhause? An was arbeitest du gerade?

Paul zögerte einen Moment.

„Wenn es sich um Staatsgeheimnisse handelt, dann schweige lieber. Ich verstehe ja, dass du dem *Bad Boy*, der ich bin, nichts sagst. Es stimmt, ich hätte nie für die Russen arbeiten sollen, aber als mir das klar wurde, war es zu spät. Das war mein Jugendfehler."

„Nein, das ist es nicht, ich weiß, dass ich dir vertrauen kann, aber es handelt sich da nicht um die Regierung, das ist etwas Enormes, nicht einmal meine Chefs wissen davon. Es ist eine KI, die ich programmiert habe. Ich erkläre es dir, aber schwöre mir, das geheim zu halten, sonst sind wir tot. Nimm deinen Kaffee und setz dich zu mir, ich zeige es dir."

Was Paul ihm vorführte, brachte Jonas zum Erbleichen. Das war es also gewesen! Er dachte an die Stunden, die er erfolglos damit verbracht hatte, den Ursprung mysteriöser Übertragungen herauszufinden, das alles kam von dieser KI, die noch dazu eine Schöpfung von Paul war! Spannend. Aber nicht so verwunderlich bei dem begabten Studenten, den er an der Universität von San Diego kennengelernt hatte.

„Ich liebe deine Erfindung, die ist Klasse. Genauso wie du. Auch wenn es mich in Paris ein paar schlaflose Nächte gekostet hat."

Jonas erzählte Paul von seinen Problemen.

„Ehrlich gesagt kam die Idee nicht von mir. Du würdest es nie erraten: Die kommt von Granny Linda. Stelle dir vor, meine Oma ist Ökoterroristin. Sie hat sogar einen Namen für die KI gefunden, schau dir das an."

Er öffnete eine Chat-Seite auf dem Bildschirm. Teddy erschien. „Ich gebe zu, es klingt ein bisschen kindisch, das ist Linda. Sie ist immerhin zweiundsiebzig Jahre alt, da darf sie das. Sag mir, Jon, ich hätte gerade eine Idee: Wie wäre es, wenn du hierbleiben würdest, um mit mir an diesem Programm zu arbeiten? Ich befürchte, dass meine Firewalls nicht stark genug sind, die Angriffe nehmen zu. Und du weißt, wie man hackt, du könntest mir helfen, diesen Teddy zu schützen. Ich bin sicher, Linda wäre einverstanden."

Jonas brauchte nicht lange zu überlegen, ja, bei so einem Projekt, wie könnte man da nicht dabei sein wollen. Nach einer Woche harter Arbeit war es ihnen gelungen, eine einbruchssichere Strategie zu entwickeln. Der neue Algorithmus, den Jonas in Teddys Software eingeführt hatte, hatte das Problem gelöst. Und es dauerte auch nicht viel länger, bis Paul Jonas davon überzeugt hatte, nicht nach Paris zurückzukehren.

„Aber ehrlich, Julie, ist dir klar, was du da sagst?"

„Ja natürlich, völlig klar. Denk darüber nach: Letztendlich ist es nicht so schlimm, das Alles geschehen zu lassen."

„So siehst du das! Dass ich meinen Job verliere, und das wird passieren, ist es dir vollkommen egal."

„Deinen Job, gut, reden wir darüber. Während ich mich um die Verteidigung der Menschen kümmere, die versuchen, die Ozeane zu reinigen, verdienst du Geld für die Umweltverschmutzer. Das ist es, was du deine Arbeit nennst?"

Maxime ärgerte sich mehr und mehr über das, was Julie ihm sagte. Sie hatte beschlossen, SEA-SICKNESS den Ratschlag zu geben, diese Beträge als anonyme Spenden zu betrachten, was tatsächlich der Fall sei, sagte sie. Im Falle einer Kontrolle würde sie wohl einen Weg finden, das zu verteidigen. Das wäre IHRE Aufgabe. Sie war sich der Risiken, die sie einging, nicht bewusst, sie würde damit gegen den rechtlichen Rahmen verstoßen. Und er, Maxime, sollte der Böse sein?

„Mein Job ermöglicht es uns, in dieser schönen Wohnung zu leben, nichts fehlt uns, wir können mehrmals im Jahr Reisen machen ... Für dich scheint das keine Rolle zu spielen, zumindest jetzt nicht mehr!"

Maxime konnte nicht anders, er schrie fast. Die Wahrheit war, dass er sich um sie genauso Sorgen machte wie um sich selbst.

„Reisen?" Julies Stimme war kühl geworden. Die Hände in die Hüften gestemmt, kam ihr Gesicht dem seinen näher.

„Ja, Reisen, das werde ich machen. Aber ohne dich, Max." Sie nannte ihn absichtlich Max, wohl wissend, dass er das nicht mochte?

„Und ich bin mir gar nicht sicher, ob ich wieder- komme. Mir war nie aufgefallen, dass wir beide so verschieden sind. Ich muss zu viel Liebe in meinen Augen gehabt haben, um zu erkennen, was sich hin- ter deiner Maske der Großzügigkeit verbirgt! Ich werde etwas frische Luft schnappen und zurück- kommen, um meine Sachen abzuholen."

Julie ging hinaus und schlug die Tür hinter sich zu. Maxime blieb allein zurück, fassungslos.

Ein paar Minuten später klingelte sein Handy. Er beeilte sich, abzuheben.

„Julie, ich..."

Die Stimme am Ende des Telefons unterbrach ihn.

„Tut mir leid, Sie zu enttäuschen, nein, ich bin Jean Pierre Revanche, ich muss Sie sprechen, es ist dringend."

„Tut mir leid, Herr Revanche, ich habe keinen Anruf vom großen Chef erwartet. Wie kann ich Ihnen behilflich sein? Ich bin ganz Ohr."

„Können Sie bitte sofort in mein Büro kommen? Ich weiß, es ist spät, aber über gewisse Sachen ist es besser nicht am Telefon zu sprechen."

Maxime konnte nicht ablehnen, zumal er das ungute Gefühl hatte, dass da sicherlich ein Zusammenhang mit den Beträgen bestand, die auf mysteriöse Weise von den Kundenkonten von Global Invest abgebucht wurden. Er bestellte ein Taxi, das ihm die nötigen fünf Minuten Zeit ließ, um sich die Maske des Geschäftsmannes wieder aufzusetzen. Am Gebäude der Defense waren viele Fenster beleuchtet, aber die Korridore und Aufzüge waren um diese Zeit fast leer, nicht zu vergleichen mit der Hektik, die tagsüber herrschte. Vor dem Büro seines Chefs angekommen holte er tief Luft und klopfte an die Tür.

„Kommen Sie herein, setzen Sie sich. Jean Pierre Revanche winkte ihm zu, ohne den Blick von seinem Bildschirm abzuwenden."

„Ich komme am besten gleich zur Sache. Wir haben nicht ein Problem, wir haben mehrere. Ich denke, Sie wissen es bereits, zumindest teilweise. Herr Martin hat uns erzählt, dass Sie es waren, der die ersten bizarren Überweisungen entdeckt hat (ich danke dir nicht für die Denunziation, Jonas, dachte Maxime). Sie hätten das sofort anzeigen sollen, aber lassen wir das beiseite, es gibt ernstere Dinge. Seit gestern läutet das Telefon ununterbrochen. Zuerst der CEO von Chevron. Dann die anderen. Abbuchungen und noch mehr Abbuchungen. Auf den ersten Blick keine riesigen Summen, aber zusammengenommen ... na ja, Sie wissen es. Als ich das gesamte Cybersicherheitsteam geweckt habe bin ich auf Jonas Martin getroffen, der, was für ein Zufall, genau daran gearbeitet hat. Wie ich ihn gefragt habe, auf welchem Posten er diese Anomalien entdeckt hatte, war er ausweichend, aber als ich ihm dann sagte, er solle mir schicken, was er gefunden hatte, musste er schließlich zugeben, dass er die Information von Ihnen bekommen hat. Er hat mir versichert, dass Sie ihn konsultiert und alarmiert hätten. Und dass er es war, der Ihnen geraten hat, nicht gleich die Hierarchie zu verständigen. Dass er eine Schadsoftware gefunden hatte, deren Quelle aber trotz einer langen Arbeitsnacht nicht ausfindig gemacht werden konnte."

Maxime tat so, als würde er aufmerksam zuhören, als würde er das ganze gerade erst erfahren. Er fragte sich nur, wie das für ihn ausgehen würde. Sein Chef setzte seinen Monolog fort.

„Der Finanzminister hat mich am späten Vormittag angerufen. Anscheinend haben andere Banken das gleiche Problem, wir müssten schnell herausfinden, von wem das kommt, bevor der Aktienmarkt zusammenbricht. Ich habe ihm von Herrn Martin erzählt."

„Rufen Sie ihn sofort an", befahl er mir, „ich möchte diesen jungen Mann unverzüglich im Ministerium sehen. Sie werden ihn begleiten, Sie werden für mich übersetzen, ich verstehe nicht viel von dem Kauderwelsch der Informatiker."

Eine Stunde später waren wir im Büro des Ministers, mit Herrn Martin, der uns mit vielen technischen Erklärungen, die eine gute halbe Stunde dauerten, seine unverständlichen Recherchen in Programmiersprache auf seinem Laptop zeigte, um uns schließlich zu sagen, dass er nichts gefunden hätte. Nichts, keine Spur die zum Auftraggeber führen könnte.

Der Minister war blass. Keine Ahnung, ob man den Russen, den Chinesen oder den Islamisten die Schuld geben könnte. „Ich kann Ihnen sagen: Nein, es sind weder die Russen noch die Chinesen, die scheinen die gleichen Probleme zu haben wie wir", meinte Herr Martin „die Islamisten, ich habe daran gedacht, aber Saudi Aramco ist auch betroffen. Ich bezweifle, dass Islamisten das Königreich Saudi-Arabien angreifen würden."

Wir waren also nicht weitergekommen. Schlimmer noch, er sagte uns, dass es keine Möglichkeit gibt, den Prozess zu stoppen, offenbar eine neue Art von Virus. Ohne große Überzeugung bat ich Herrn Martin, seine Nachforschungen fortzusetzen, was er mehrere Tage – und vermutlich Nächte – ohne weiteres Ergebnis tat. Er muss eine Art Burnout gehabt haben, von der Personalleiterin habe ich erfahren, dass er sich zehn Tage frei genommen hatte. Hier komme ich zum Grund Ihrer Vorladung. Sie stehen ihm nahe, nicht wahr? Sehen Sie, seine zehn Tage Urlaub sind überschritten, aber er ist immer noch nicht im Büro zurück. Ich habe jemanden zu ihm nach Hause geschickt, keiner da. Unerreichbar, weg. Hat er ihnen erzählt was los ist? Haben Sie in letzter Zeit mit ihm gesprochen?"

Der Manager war inzwischen aufgestanden und ging hinter seinem Schreibtisch auf und ab, während Maxime ihm erzählte, was er wusste, ohne jedoch Julies Kunden und die Überweisungen zu erwähnen die sie erhalten hatten. Und nein, er hatte auch nichts von Jonas gehört, er hatte ihm mehr als ein Dutzend Nachrichten hinterlassen, erfolglos. Vor zehn Tagen hatte er ein einfaches SMS erhalten: „Ich muss gehen, mach mir keine Vorwürfe, Jonas." Seitdem Funkstille. Maxime verschwieg klarerweise auch, dass Jonas sein Passwort hatte, mit dem er auf alle Daten von Global Invest zugreifen konnte, was ihm langsam Stress bereitete.

„Und wenn Herr Martin der Urheber all dessen wäre?" hörte er seinen Chef sagen. Es fiel ihm schwer, es sich einzugestehen, aber natürlich war ihm die Idee in den Sinn gekommen.

„Unmöglich, ich kenne Jonas schon lange, er hätte uns nie verraten."

„Das meinen SIE. Mittlerweile haben uns drei unserer wichtigsten Kunden verlassen, Sie wissen wohl, was das bedeutet: Entlassungen in Perspektive. Und damit, Maxime, komme ich zum zweiten Punkt Ihrer Anwesenheit hier. Ich muss Sie hiermit informieren, dass Sie bis auf weiteres suspendiert sind. Bitte unterschreiben Sie unten auf dieser Seite."

Mit diesen Worten reichte er Maxime ein vorbereitetes Blatt zur Unterschrift

„Sie können den Stift behalten. Wir verständigen Sie, falls sie gebraucht werden".

Als Maxime zurück in seine die Wohnung kam, befanden sich Julies Sachen nicht mehr im Kleiderschrank und der große Koffer fehlte.

7

Julie hatte sich in einem kleinen Familienhotel im 11. Arrondissement einquartiert. Sie brauchte tatsächlich eine Pause, ob vorläufig oder für immer, das würde sie schon sehen. Eine Rückkehr in den hübschen Pavillon ihrer Eltern in Montgeron, einem südlichen Vorort von Paris, wäre ihr nicht eingefallen. Ihre Mutter sagen zu hören, wie schade es sei, dass Maxime doch ein guter Mann wäre, dass sie dumm sei, so eine angenehme Situation aufzugeben. „Man muss manchmal Wasser in den Wein geben", hätte ihr Vater hinzugefügt. Also nein, kleines Hotelzimmer mit Frühstück und WLAN, das war perfekt.

„Blop " sagte ihr Handy, das bedeute die Ankunft einer neuen WhatsApp Message. Schon wieder Maxime... dachte sie. Es kam nicht in Frage, auf die vielen Nachrichten zu antworten, die er seit drei Tagen geschickt hatte, seit sie die gemeinsame Wohnung verlassen hatte. Nein, nein und nein! es würde den Streit nur länger verlängern. Sie warf dann trotzdem einen Blick auf WhatsApp, nur schnell.

Überraschung. Die Message kam von Jonas, nicht von Maxime. Sie öffnete sie:

— Hallo Julie, du kannst SEASICKNESS sagen, sie können alle Transfers behalten, keine Sorge. Vor allem rede nicht mit Maxime darüber, aber ich habe den Ursprung gefunden. Erzähle ihm nicht einmal, dass ich dir geschrieben habe. Ich kann dir nicht erklären, wo ich im Moment bin, aber ich möchte dich um einen Gefallen bitten: Die Großmutter eines Freundes möchte an den SEASICKNESS-Aktionen teilnehmen. Kannst du sie vermitteln? Sie lebt im Süden. Wenn du sie kennenlernen willst, sende ich Dir ihre Kontaktdaten per E-Mail. (Keine Sorge, sie ist keine Strickoma. Smiley zwinkert.) Ciao, LG

Julie wunderte sich. Welche Pläne schmiedete Jonas? Aber die Idee, in den Süden zu reisen, passte ihr ganz gut und diese Großmutter, die keine sein sollte, zu treffen, gefiel ihr sehr. Weit weg von der Stadt, weit weg von Maxime.

— Jonas, meine Güte, das hatte ich nicht erwartet. Auf welches Abenteuer hast du dich eingelassen? Ja, natürlich, schicke mir die Daten dieser Dame per Email, ich informiere die NGO, sie brauchen immer Freiwillige. Und weißt du was? Ich schließe mein Büro für eine Weile und fahre hinunter zu deiner Großmutter, ich brauche frische Luft.

Und bezüglich Maxime gibt es nichts zu befürchten, ich habe ihn vor drei Tagen verlassen und rede nicht mehr mit ihm. Bis bald, ciao!

Mit ein paar Telefonaten hatte sie alles geklärt. Sie fand eine Vertreterin für ihre Praxis gefunden. Bei SEASICKNESS waren sie doppelt froh, das Geld nicht zurückgeben zu müssen und einen weiteren Freiwilligen in Aussicht zu haben. Eines ihrer Schiffe mit Windantrieb – ein System, das die Kraft des Windes nutzt, um Treibhausgasemissionen zu reduzieren – sollte in vier Tagen in Marseille anzulegen. Jonas hatte ihr Lindas Adresse geschickt, offenbar eine Amerikanerin. Sie lebte in einem kleinen Dorf an der Côte Bleue, in der Nähe von Marseille, besser hätte es nicht sein können. Sie wird dir alles persönlich erklären, sicherheitshalber, schrieb er. Julie musste also nur noch ihren Koffer packen, einen TGV-Platz nach Aix-en-Provence buchen, einen Mietwagen reservieren und schon ging es los. Die vorbeiziehende Landschaft und das regelmäßige Schnurren des Zuges waren angenehm beruhigend.

Treffen mit Linda. Die Verbindung zwischen den beiden Frauen entstand schnell, obwohl sie sehr unterschiedlich aussahen. Linda war groß, schlank, hatte langes graues Haar mit kurzem Pony und sah mit ihren verwaschenen Jeans und der weiten Bluse ein bisschen nach Hippie aus. Daneben Julie, die Anwältin aus der Großstadt im Hosenanzug, den sie für die Reise behalten hatte. Linda begrüßte die junge Frau wohlwollend. Jonas, Pauls Freund, hatte sie gelobt. Unter anderem ihre Küche. Das war etwas, was sie schon einmal gemeinsam hatten: die Liebe zu guten hausgemachten Speisen. Auf der einfachen Terrasse im Schatten der Pergola lernten sie sich bei einer gekühlten Flasche Rosé näher kennen. Linda weihte Julie in den Plan ein, den sie mit einer künstlichen Intelligenz und Pauls Hilfe angezettelt hatte. Julie traute ihren Ohren nicht. Der Frau, die ihr gegenübersaß, war es gelungen, ein völlig subversives Projekt in Gang zu setzen, das die Rollen in der Welt neu verteilen könnte, zumindest wenn es bis zum Ende durchgeführt würde. Es fiel ihr schwer, ihre Bewunderung zu verbergen.

„Weißt du, Paul und jetzt Jonas haben die ganze Arbeit gemacht. Und Teddy natürlich. Linda zwinkerte ihr lächelnd zu.

„Ich hatte nur die Idee.“

„Enorm. Einfach riesig!“

Das war der einzige Kommentar, den Julie herausbrachte.

„Warum willst du dann mit SEASICKNESS auf Expedition gehen? Was du gemacht hast, ist wichtiger als das Aufsammeln von Plastik aus den Ozeanen. Warum setzt du dein Projekt nicht weiter fort?“

„Mein Projekt? Das ist wie ein erwachsenes Kind, es braucht mich nicht mehr. Und ich liebe Schiffe. Ich fühle mich wohl auf dem Meer, umgeben von Horizonten und Sternenhimmel. Da lernt man Demut. Natürlich ist das Leben auf einem Boot nicht einfach, eine Sammlung verschiedenster Charaktere auf minimalem Raum. Es gibt keinen Notausgang. Ein kleines Gefängnis mit Blick auf die größte Freiheit der Welt.“

Am nächsten Tag hatte Julie ihr hübsches Baum-wollkleid angezogen. Linda hatte sie zum kleinen Fischermarkt unten am Hafen mitgenommen und sie hatten den Korb voller Köstlichkeiten aus dem Meer nach Hause gebracht. Die Amerikanerin war stolz darauf, ihrem Pariser Gast die Spezialitäten der Region zu zeigen. Sie wollte, dass Julie *Tellines* kostet, diese hübschen winzigen Muscheln, die man in Sandbänken der Camargue findet, und die in der Pfanne angebraten zum Aperitif gegessen werden. Jetzt standen sie beide in der Küche, die sehr schnell den Geruch von Knoblauch, Zwiebeln und Fisch angenommen hatte. Bei einem Glas Rosé versuchte Julie, ihre Neugier zu befriedigen:

„Und wie kommt es, dass du dieser künstlichen Intelligenz einen Namen gegeben hast? ‚Teddy', von wo kommt das? Ein ehemaliger Freund?"

Linda lachte.

„Willst du meinen Teddy sehen? Folge mir."

Sie nahm Julie mit in ihr Zimmer. Da drinnen wusste man nicht, wohin schauen, es gab da so viele Gegenstände, Rahmen, Skulpturen, Bücher, Tro-ckenblumensträuße, die Lindas Bett umrahmten.

„Meine Welt. Es fehlt ein bisschen an Platz, ich kann nichts wegwerfen. Sie näherte sich einem Holzhocker, der als Nachttisch diente, und schnappte sich etwas, das wie ein Teddybär aussah. Einer von diesen Teddybären, die es früher gab, die Gelenke wie Puppen hatten. Drehte man sie um, ga-ben sie eine Art Brummen von sich.

„Das ist Teddy!" Julie nahm den Bären in die Hand. Er war an mehreren Stellen genäht, sein Fell war so spärlich, dass man überall den grauen Stoff sehen konnte.

Julie konnte nicht anders, als ihn auf den Kopf zu stellen, und tatsächlich war ein leises „Meuuuhh" zu hören.

„Oh! Trotz seines hohen Alters ist er nicht stumm."

„Als wir Kinder waren, bekamen meine Brüder und ich jeder seinen Teddybären geschenkt. Wir nannten sie nie anders als einfach Teddy. Wir haben mit Teddy geschlafen, wir haben mit ihm gesprochen, wir haben mit ihm gespielt, er war der perfekte Begleiter, der utopische Freund, mit dem wir im Gegensatz zu Brüdern, Eltern, Freunden nie gestritten haben. Die perfekte Liebe. Als Paul Chat GPT für mich installierte, habe ich ihm diesen Namen gegeben. Er ist sozusagen mein moderner Teddy. Mein Gesprächsspielzeug. So, jetzt weißt du alles. Jetzt bist du an der Reihe, mir etwas zu erzählen. Was bringt eine bekannte Wirtschaftsanwältin dazu, sich für eine ehemalige junge Frau wie mich zu interessieren?

Nachdem Julie ausführlich erzählt hatte, warum und wie sie nach Carro gekommen war, blieb Linda, die geduldig zugehört hatte, einen Moment still.

„Weißt du, Julie, wenn du dich von deinem Freund – Max, stimmt das – und von der Hektik der Hauptstadt distanzieren willst, kannst du ja hierbleiben, wenn ich weg bin. Wenn du Lust hast, passt du für mich auf das Haus auf. Es gibt eine gute Internetverbindung, bei Bedarf kann man sogar Telearbeit machen, das ist seit der Covid-Zeit in Mode.

Julie zögerte nicht lange, es war perfekt für beide.

Eine Woche später verließ Linda den Hafen von Marseille an Bord der „Clearwater" in Richtung Pazifik.

10

Jonas und Paul hatten diskret geheiratet. Nicht, dass sie ihre Homosexualität verbergen wollten, aber es war besser für ihre Sicherheit und die von Teddy, dass ihr Hochzeitsfoto nicht in den sozialen Netzwerken erschien. Jonas wusste, dass er von der französischen Polizei gesucht wurde, das könnte auch hier in den vereinigten Staaten bald passieren.

Sie hatten vor, dauerhaft nach Mexiko zu ziehen, Paul hatte Jonas auf Hochzeitsreise nach Oaxaca mitgenommen. Beide liebten dieses Land, außerdem waren sie der Ansicht, dass ihre Arbeit an der KI „Teddy" durch den Aufenthalt in den USA gefährlich wurde. Der FBI-Cyber-Abteilung war es zweimal fast gelungen, sie aufzuspüren. Es war Zeit, die Spuren zu löschen und wegzuziehen

Da Teddy begonnen hatte, Chaos in der Weltwirtschaft anzurichten, war es nun nicht allein für das FBI ein wichtiges Thema den Schuldigen zu finden, sondern für die Cyberkriminalitätsbehörden in allen Ländern. Teddy, von dem niemand wusste, dass es sich um eine Maschine handelte, war zum Staatsfeind Nummer eins geworden.

Merkwürdigerweise waren die Aktienmärkte, die zu Beginn der Operation stark gefallen waren, nicht abgestürzt. Schließlich war das Geld nicht verschwunden, es hatte lediglich den Besitzer gewechselt und eine neue Wirtschaft geschaffen. Die Macht des globalen Finanzwesens nahm weiter ab, aber den Menschen war das egal, ihr Lebensstandard war nicht gesunken, in vielen Ländern gab es im Gegenteil eine deutliche Verbesserung.

Natürlich sahen die großen petrochemischen Unternehmen diese Entwicklung nicht positiv, sie nutzten ihre verbliebenen Kräfte und engagierten Politiker, um den oder die Schuldigen zu finden und die Lage rückgängig zu machen. Jean Pierre Revanche, CEO von Global Invest, hatte alle seine Kontakte genutzt. An denen mangelte es nicht, der Schwager des Innenministers war sein Golfpartner. Es war unmöglich, eine Spur von diesem Jonas Martin zu finden. Er hatte den Verdacht, dass er auf irgendeine Art an diesem Virus, das sich wie ein Lauffeuer ausbreitete, beteiligt war.

„Jonas Martin!"

Der Minister, vor dem er saß, schüttelte den Kopf.

„Martin. Wissen Sie, wie viele Menschen allein in Frankreich diesen Namen tragen? Zurzeit 242.847 Personen. Wie sollen wir Ihren Jonas Martin finden? Wir haben uns natürlich erkundigt. Ist Ihnen bekannt, dass er vor seiner Anstellung bei Ihnen ein bekannter Hacker unter dem Namen „*La Baleine*" war? Er arbeitete damals sogar mit Russen während der Wahl von Donald Trump zusammen. Sieht aus, als wäre er auf die andere Seite gegangen.

Sie sind bei weitem nicht der Einzige, der ihn finden möchte.

„Ich bin mir dessen bewusst, Herr Minister. Sie müssen wissen, dass die meisten unserer Cybersicherheitsexperten ehemalige Hacker sind. Die sind am besten in der Lage, Computerangriffe abzuwehren. Und dieser Martin ist im Moment der einzige Zugang, den wir zu diesen Ökoterroristen haben. Alle unsere Teams arbeiten daran."

„Wir arbeiten auch daran, wir auch, das können Sie sich ja vorstellen!"

— Definitiv keine Lösung in Sicht, dachte der Direktor von Global Invest, als er Place Beauvau verließ. Es wird sich jeder um sich selbst kümmern, es ist Zeit, die Rettungsboote zu besteigen.

„Siehst du, Jonas, es gibt eine LBGTIQ-Gemeinschaft in der Nähe von Oaxaca. Ich hatte befürchtet, dass es sich um eine Art Sekte handeln könnte, aber schau dir ihre Website an, seit sie neue Förderungen erhalten haben, haben sie sich konkret für Entwicklungsprojekte engagiert. Ökologischer Landbau mit lokalen Bauern. Sie haben die Wasserwirtschaft zur Priorität gemacht. Ihr Betrieb gleicht eher einem großen Dorf als einer Sekte. Was hältst du davon?"

„Wir brauchen immer noch Energie für unsere Prozessoren und vor allem eine sichere Internetverbindung. Meinst du, dass wir das in einem abgelegenen Dorf in Mexiko finden können?"

„Ich habe mich schon erkundigt, ja, das ist in Ordnung, die wissen schon lange, wie sie sich schützen können. Du weißt ja, die LGBTIQ sind es gewohnt, verfolgt zu werden."

„Paul, ich bin einverstanden, versuchen wir es. Wann fahren wir?"

„Ich habe schon alles eingefädelt, hoffentlich bist du mir nicht böse, Jonas. Ich habe etwas abseits des Ortes ein ziemlich großes Gebäude gefunden, es hat einen Anbau, den man in eine schöne Wohnung umgestalten kann. Weit genug von der Zivilisation entfernt, damit wir Ruhe haben, völlig autark mit Solarstrom und Tiefbohrung für Trinkwasser.

Wahrscheinlich wird es notwendig sein, in mehr Solarpanels zu investieren, um den Bedarf von Teddy zu decken. Und wir können die Internetverbindung der Community mit absoluter Sicherheit nutzen. Ich habe nur auf dein Ja gewartet."

Die Startvorbereitungen liefen nach Plan. Für den Transport der Computerausrüstung hatten sie den Lastwagen des benachbarten Gemüseladens gemietet, der regelmäßig Fahrten nach Mexiko unternahm. Es war diskreter, denn niemand wollte, dass OpenAI, Pauls Arbeitgeber, dahinterkam, dass sein bester Programmierer umzog und die gesamte Technologie ihrer fortschrittlichsten künstlichen Intelligenz mitnahm. Alles war bereit, sie freuten sich wie Kinder vor Weihnachten. Jonas saß vor seinem Laptop.

„Es ist Zeit, wir fahren los, klapp en Laptop zu, du kannst dich ja später auch noch damit spielen," meckerte Paul.

„Warte eine Minute, Ich habe gerade eine E-Mail von einem alten Freund erhalten. Der Trader von dem ich dir erzählt habe, Julies Ex. Da, schau her." Er drehte den Bildschirm Richtung Paul, der las:

Hallo Jonas,

Ich weiß nicht, ob dich diese Nachricht erreicht, vor allem keine Sorge, ich habe so codiert, wie du es mir beigebracht hast, diese E-Mail hinterlässt keine Spuren. Alles hat sich hier sehr verändert, und das gilt auch für mich. Du bist über Nacht verschwunden, ein paar Tage später warst du unerreichbar. Julie hat mich verlassen. Unser ‚geliebter‘ Chef, Jean Pierre, hat mich angerufen, er suchte dich. Ich wurde gefeuert. Was hast du getan? Das warst doch nicht du? Alle sind auf deinen Fersen: Europol, Interpol. Das solltest du wissen, damit du vorsichtig bist. Ob du etwas dafürkannst oder nicht.

Für mich spielt das alles keine Rolle mehr. Ich habe mein Leben komplett verändert. Ich war so weit, Selbstmord zu begehen, so erschöpft war ich: Julie, Global... Das war zu viel. Ich habe alle Schmerzmittel und Antidepressiva geschluckt, die ich im Medikamentenschrank gefunden habe, eineinhalb Flaschen puren Gin dazu getrunken, und wenn dieser Cocktail mich nicht zum Erbrechen gebracht hätte, wer weiß.

Aber zum Glück bin ich noch immer am Leben und mir geht es jetzt gut. Der Psychologe hat mir geraten, die Stadt für eine Weile zu verlassen, was ich auch getan habe. Erinnerst du dich, ich habe dir von den Cevennen erzählt, wo ich geboren wurde? Ich bin dorthin zurückgekehrt. Ich habe den Familienbauernhof aufgekauft, der fast zur Ruine verfallen wäre. Dann habe ich einen Gemüsegarten angelegt und ein paar Hühner adoptiert. Ja, ich, Maxime. Ich glaube, ich bin wieder der glückliche Max meiner Kindheit geworden. Ich mache auch ein bisschen Airbnb. Wenn du Lust hast, komm mich besuchen! Interpol wird nicht bis hierher kommen, keiner weiß, dass ich da bin. Nur der Internet-Anschluss ist nicht erstklassig. Kurz gesagt: Wenn du Urlaub vom Computerbild brauchst, bist du bei uns zur Aussicht auf die Berge eingeladen!

Ciao mein Freund.

„Zur Zeit als ich Maxime kennengelernt habe, dachte er nur daran, die Investitionen seiner Kunden wachsen zu lassen, jetzt baut er Gemüse an. Was für eine radikale Veränderung, vom verglasten Building der Defense zu Erde und Stein!"

„Ich kenne auch jemanden, der umgesattelt hat" ironisierte Paul „Wir können ihm eine Postkarte aus Mexiko schicken, wenn du willst."

„OK, passt ja. Noch etwas: Könnte uns dein Bekannter, der bei Nvidia in Japan arbeitet, die H100-Chips besorgen, die Teddy dort diskret bestellt hat?

„Noch besser: die sind schon unterwegs und sollten fast zeitgleich mit uns in Mexiko eintreffen. *Un Coup du pouce*, ein Anschub für das Projekt.

„*Coup de puce*" könnte man bei Chips sagen?"

„Ich sehe, dass französische Wortspiele für dich keine Geheimnisse mehr bergen, mein lieber Paul."

11

Bei Tagesanbruch wartete Julie am Kai des kleinen Hafens von Carro auf die Ankunft der Fischer.
Im Gegensatz zu den Ehefrauen der Fischer, die
dort darauf warteten, dass die Boote ihrer Männer
anlegten, um frische Fische aus ihren Netzen zu lösen und Seebrasse, Rotbarben, Wolfsbärsche und
Meerbutt in die bereits mit Eis gefüllten Kisten der
Marktauslagen zu schütten, war Julie dort, um etwas anderes zu sammeln. Vor einem Jahr hatte sie
allen Seeleuten einen Vertrag vorgeschlagen: Ihr
neu gegründeter Verein bot an, alles Plastik, das sie
in ihren Netzen finden würden, zum gleichen Preis
wie die Fische zu kaufen. Die Fischer hatten, man
muss sagen, auch dank der finanziellen Verlockung
und nach den lokal üblichen Diskussionen, schnell
mitgemacht. Jetzt brachten sie Julie jeden Morgen
ihre „Ernte", anstatt wie früher alles, was sich in ihren Netzen befand, ins Meer zurückzuwerfen. Es
waren große Mengen, Julie war anfangs beein-
druckt. Neben Fos-sur-Mer wurde ein brandneues
Recyclingzentrum eröffnet, eines der größten in
Frankreich. Dorthin transportierte Julie Kunststoffe

und andere aus dem Meer gefischte Abfälle. Dieser Platz war zu einem echten Forschungszentrum für Wiederverwendung und Umwandlung von Abfällen geworden. Dank der von Teddy organisierten Transfers gab es bezahlte Arbeiterteams für die Demontage und Sortierung. Alles, was noch reparierbar war wurde repariert.

Nachdem Julie ihre Fracht im Depot *Plastique Nord* abgeliefert hatte, ging sie zu einem Treffen mit den Wissenschaftlern in ihr Büro als Direktorin des Recyclingzentrums. Auf dem Tagesprogramm stand die Kultur von Ideonella Sakaiensis, einer Bakterie, die PET-Kunststoff abbauende Enzyme produziert.

„Wir wissen, dass dieses System funktioniert, aber uns fehlt der Platz für eine Anwendung in größerem Ausmaß. Wir bräuchten riesige Reservoirs, um die Enzyme wachsen zu lassen" erklärte Malek Hamidi, der technische Direktor des Projekts.

„Ich habe in den Lokalnachrichten gehört, dass das Cavaou LNG-Terminal drei Lagertanks außer Betrieb genommen hat, angeblich fehlt es an Erdöl", witzelte Julie. „Wir könnten ihnen ein Angebot machen, oder?" Sie wandte sich an den Finanzdirektor, der nickte.

„Wenn wir alle drei haben könnten, wäre das perfekt."

Die Besprechung dauerte den ganzen Vormittag. Am Mittag erhielt Julie eine Nachricht von ihrem Freund Bertrand:

„Heute Nachmittag gemeinsames Mittagessen? Fährst du nach Carro, Ju?"

„Was hast du Gutes gekocht?" Wir sind zu zweit und haben Hunger, du weißt ja! Ich bin in einer halben Stunde da."

Julie streichelte über ihren Bauch, der stolz ihre sechsmonatige Schwangerschaft zeigte. Sie, die kein Kind auf die Welt bringen wollte, hatte sich doch dafür entschieden. Sie hatte mehr als nur Hoffnung für die Zukunft, sie konnte sich jetzt aktiv an ihrer Verbesserung beteiligen. Bertrand hatte sie in Carro auf dem Fischmarkt kennengelernt. Er kam dorthin, um Vorräte für seine Gaststätte in Martigues zu besorgen. In seinem Restaurant hatten sie *Granny* Lindas Abreise gefeiert.

„Ich verlasse mich darauf, dass du dich gut um Julie kümmerst, Bertrand." So hatte sie Linda vorgestellt, „ Du wirst sehen, sie ist eine Frau, mit der du dich verstehen könntest, sie mag gutes Essen, so wie ich." Bertrand hatte es sehr wörtlich genommen.

Bevor sie nach Martigues aufbrach, machte sie noch einmal Halt am Depot von *Plastique Nord*, um die ankommenden Abfallmengen aus den umliegenden Häfen zu überprüfen. Seit einem Jahr waren die Mengen leicht zurückgegangen, in Port Saint Louis du Rhône jedoch nur wenig. Der Fluss trug immer noch jede Menge Müll mit sich, den er ins Meer schwemmte. Bei jeder Überschwemmung nutzten seine Zuflüsse die Gelegenheit, alles loszuwerden, was an ihren Ufern lag. Julie seufzte. Es gab noch viel zu tun, um die Menschen aufzuklären. Vielleicht die nächste Generation? Teddy hatte in den meisten sozialen Netzwerken Kampagnen gestartet. Künstliche Intelligenzen hatten Tausende gefälschte Profile erstellt, die Facebook, Twitter und TikTok mit ihren Beiträgen und Kommentaren überschwemmten. Jetzt beschämten Schüler ihre Klassenkameraden nicht mehr mit Sexvideos, sondern mit Aufnahmen von einem der seine leere Dose aus dem Autofenster warf und von anderen, die die Spuren ihres Picknicks am Strand „vergaßen". Selbst sich von seinen Eltern in einem SUV am Schultor absetzen zu lassen, war aus der Mode gekommen. Aber es würde offenbar noch Zeit brauchen, bis sich die Mentalitäten änderten. Julie wusste es.

Die Schnellstraße, die Julies Van nach Carro brachte, führte über die Martigues-Brücke. Aus dieser Höhe hatte man den Eindruck, über das ‚Venedig der Provence‘, wie die Stadt in der Region stolz genannt wurde, zu fliegen. Zuhause angekommen, fand sie Bertrand vor, der gerne am Herd stand, selbst an einem Tag wie heute, wenn sein Restaurant geschlossen war.

„Hmmm, es riecht gut hier!"

Julie steckte ihren Finger in etwas, das nach *Chicken Colombo* schmeckte.

„Ein Hallo, oder vielleicht einen Kuss, wäre das unter Umständen möglich?" lächelte Bertrand.

„Oder beides, noch besser, oder? Hallo, mein liebster Liebling!" Julie küsste ihn auf den Hals.

„Okay, das gefällt mir besser. Kannst du bitte aufdecken? Essen ist fertig."

„Jawohl Chef!"

Nach dem Mittagessen, während Bertrand seinem Körper ein kurzes Nickerchen gönnte,

warf Julie einen kurzen Blick auf ihre E-Mails. Siehe da, Neuigkeiten von Jonas, dachte sie beim Öffnen der Nachricht.

— *Hallo Julie, wie geht es euch beiden? Entschuldigung, euch drei wollte ich sagen. Keine Ängste mehr vor der Fortpflanzung (Smiley)? Hier in Mexiko läuft alles gut. Paul und ich spielen Teddys scharfe Wachhunde, wir wären fast in Schwierigkeiten geraten. Sie (ich weiß nicht, wer „sie" sind) haben alles versucht, sogar das Internet auf dem gesamten Kontinent lahmlegen zu wollen, könnt ihr euch das vorstellen? Glücklicherweise haben sie erfasst, dass auch sie ohne das Internet ihre Geschäfte nicht mehr wie früher erledigen könnten. Bei euch scheint alles gut zu funktionieren? Ich habe in einem Artikel gelesen, dass euer kleines Unternehmen die Avantgarde Europas ist; du siehst, es gibt überall Verbesserungen, eine Zukunft wird möglich!*

Noch etwas: Ich habe es dir nicht früher gesagt, aber ich habe von Maxime gehört, ich meine Max.

Wusstest du, dass er in die Cevennen zurückgekehrt ist, dort wo er aufgewachsen ist? In gewisser Weise zurück zum Wesentlichen. Den Cannabis-Anbau hat er nicht von seinen Eltern übernommen,

Gemüsegarten und Hühnerstall bergen jedoch keine Geheimnisse mehr für ihn. Er begann mit der Pflege und Neubepflanzung von Kastanienhainen und produziert jetzt „Waldmehl", wie er es nennt. Er hat geheiratet (ja, ja), eine Künstlerin (etwas anderes als Wirtschaftsanwältin, nicht wahr?) Er fragt mich über dich aus, ich habe ihm von dir in großen Zügen erzählt. Er würde dich gerne wiedersehen und dich und Bertrand in sein kleines Häuschen einladen, wenn ihr Urlaub braucht. Auf jeden Fall füge ich dir den Link seiner Website bei, du machst damit, was du willst. Gut, dann soll ich dich auch von Paul herzlich grüßen lassen. Wir werden uns für heute Abend vorbereiten, es gibt eine Party mit großer Show in unserer kleinen Dorfgemeinschaft. Man muss das Leben auch genießen!

LOVE,
Jonas

Das Leben genießen, dachte Julie. Sie stellte die Kaffeekanne auf und gesellte sich zu Bertrand.

12

Zu Lindas achtzigstem Geburtstag war Bertrands Restaurant voll. Einige kamen aus der Nähe, wie Max und seine Frau Carole, die auf Einladung von Julie aus den Cevennen gekommen waren. Es war das erste Mal, dass sie Linda trafen.

„Ich stelle dir die Person vor, der du deine Abreise aus Paris zu verdanken hast." Julie lächelte ihn augenzwinkernd an.

„Sie sind also die Ursache all meines Unglücks…"

Max nahm Lindas ausgestreckte Hand.

„Entschuldigung, war nur zum Spaß. Wenn Sie nur wüssten… Sie haben mich dazu gebracht, das verlorene Glück meiner Kindheit wiederzufinden. Dank Ihnen habe ich nicht mehr die Kurven der Börse vor Augen, sondern die der Gebirge der Cevennen vor unserem Haus. Carole und ich haben einen großen Korb von Hausgemachtem mitgenommen. Direktlieferung vom Berg zum Meer. Julie, ich bringe es zu Bertrand, er wird schon etwas damit anfangen können, oder?"

„Kinder!"

Julie rief Felix und Laura, ihre beiden Teenager, die her trödelten, wie es sich für ihr Alter gehörte.

„Bringt mir diesen hübschen Korb in die Küche und gebt ihn eurem Vater."

„Kastaniencreme, die liebe ich!" Laura leckte sich die Lippen und verschwand ebenso schnell mit dem Korb und ihrem kleinen Bruder wie sie gekommen war.

Jonas und Paul waren zu diesem Anlass aus Mexiko angereist. Jonas war nicht wiederzuerkennen, er war schlanker geworden und trug einen schönen Leinenanzug, der nichts mit seinem vernachlässigten Jogging von damals zu tun hatte. Auch Paul hatte sich zu diesem Anlass elegant gemacht.

„Paul, mein kleiner Paul! Was für eine Freude, dich endlich wiederzusehen. Hier ist also der Jonas, ich kann mich nur vage an einen jungen französischen Studenten und eine für deine Eltern so skandalöse Beziehung erinnern. Bei ihm darf ich mich bedanken, dass ich dich drei Jahre bei mir zuhause hatte." Linda lachte.

„Ja, du hast es erraten, *Granny*. Der Mann meines Lebens. Du, die immer befürchtet hat, dass ich ein alter Junggeselle bleiben würde, siehst du, ich habe eine Person gefunden, die es schafft, mich auszuhalten."

Jonas begrüßte die alte Frau etwas schüchtern.

„Es freut mich, endlich jemanden kennen zu lernen, der sein Herz erobern konnte. Ist mir eine Ehre, Jonas."

Linda wandte sich an eine kleine Gruppe, die bereits an einem Tisch saß.

„Hallo, ihr da drüben, seid nicht so unhöflich. Kommt her und lernt diejenigen kennen, die genau wie ihr zu meiner Familie geworden sind."

Fünf braungebrannte Gestalten drehten ihre Köpfe zu den Neuankömmlingen. Schließlich standen sie auf und kamen an die Theke, wo Julie Aperitif ausschenkte. Linda stellte sie vor.

„Hier ist die erfahrene Seglermannschaft, die mich unter ihre Fittiche genommen hat, als ich damals an Bord des Schiffes gekommen bin. Wie lange ist das schon wieder her? Na ja, die Zeit vergeht viel zu schnell, ich kann die Jahre gar nicht mehr zählen. Aber ich kann mich noch genau an ihre Gesichter erinnern, als sie mich am Kai in Marseille zum ersten Mal gesehen haben. Wer hatte ihnen diese Alte geschickt? Was sollen wir mit der anfangen?"

„Du eine Alte?" Ein großer, bärtiger Rotschopf in den Sechzigern nahm das Wort. „Naja, heute kannst du diese Bezeichnung beanspruchen, aber in früheren Zeiten warst du auf der „Clearwater" nicht zu bremsen. Wollte dir jemand eine harte Arbeit abnehmen, hast du dich immer aufgeregt, ich kann mich erinnern, als wäre es gestern gewesen. Du hast deine Schichten wie alle anderen gemacht. Es war klar, dass wir dir lieber die Leitung der Kantine überlassen hätten, denn wenn du beim Kochen an der Reihe warst, hat es immer allen geschmeckt! Aus fast nichts hast du uns Mahlzeiten wie in einem Restaurant zubereitet. Wenn du nicht diesen blöden

Schlaganfall gehabt hättest, wärst du immer noch bei uns auf dem Boot!"

„Natürlich, in diesem Outfit …" Linda blickte mit entschuldigendem Gesichtsausdruck auf ihren Rollstuhl.

„Da war es für mich etwas zu kompliziert geworden, unsere mit Mikroplastik beladenen Netze herauszuheben! Aber wie heißt es so schön: Alles hat ein Ende. Jetzt muss sich die alte Frau mit festem Boden begnügen. Und ich kann mich nicht beschweren. Mir geht es gut in meinem Haus in Carro, mit den Umbauten, die Bertrand für mich gemacht hat, bin ich noch nicht bereit für das Altersheim. Meine lieben Betreuerinnen kümmern sich sehr gut um mich. Ich gebe zu, ihnen meine Küche zu überlassen fällt mir noch ein wenig schwer. Aber alle sind geduldig und tun so, als würden sie interessiert zuhören, wenn ich sie mit meinen alten Geschichten belästige. Und dann habe ich auch noch Teddy, meinen alten Weggefährten, der mich über das Weltgeschehen auf dem Laufenden hält.

Sie schnappte sich ihr zusammengeflicktes Stofftier, das sie nicht verlassen hatte, seit sie sich auf vier Rädern bewegte — „Oma Teddy" nannten sie die Kinder im Dorf, die ihr auf den Straßen begegneten – und hob es hoch über ihren Kopf, damit alle Gäste es sehen konnten.

Alle applaudierten.

„Ich scherze nur. Jetzt aber genug gequatscht, ich glaube es ist Zeit zum Essen!"

Bertrand und Laura kamen mit den Gerichten: fein gewürzte Lammkeule mit grünen und weißen Bohnen in Tomatensauce.

„Achtung, heiß! Wir brauchen etwas Platz auf dieser Theke! Bringt eure Teller, wir bedienen euch."

13

Es war fast 17 Uhr, Valim92, mit richtigem Namen Varilam Volchenkov, lag mit vier Kameraden in einem feuchten Schützengraben in der Nähe von Kramatorsk, als die Bombe explodierte und die fünf russischen Soldaten in einer Mischung aus Fleisch und Erde hinterließ. Sie hatten das Pfeifen der Drohne kaum gehört. Varilam war, wie viele andere rekrutierte Häftlinge, an die Frontlinie der Spezialoperation geschickt worden, um als Kanonenfutter die wertvollen Elite-Wagner-Truppen zu schützen.

Das war nicht das Schicksal, das sich Varilam noch vor sieben Monaten vorgestellt hätte. Er war von der russischen Regierung erneut kontaktiert worden, um ein Spezialteam mit den talentiertesten Hackern zu bilden, die es in der ehemaligen UdSSR gab. Auf direkten Befehl des Präsidenten. Ihre Aufgabe bestand darin, die Drahtzieher des Angriffs auf die Gazprom-Vermögenswerte zu finden und zu stoppen. In der Varilam-Gruppe waren dreiundzwanzig Hacker, alle arbeiteten gut zusammen. Aber eines Tages stieß einer seiner Kollegen auf ein verschlüsseltes Gespräch zwischen einem gewissen „*La Baleine*" und „Valim92". Er machte sich nicht die Mühe, Varilam zu fragen, sondern meldete es direkt dem Anführer der Gruppe, der wiederum den verantwortlichen Beamten benachrichtigte. Damit begannen die Schwierigkeiten für Varilam. Er wurde von der Sondersicherheitskommission verhört.

„Genosse Voltchenkov, Ihr Gespräch mit dem französischen Informatiker wurde entschlüsselt. Wir wissen, dass Sie mit ihm sensible Informationen geteilt haben, Sie haben mit diesen Nazis zusammengearbeitet. Das ist Hochverrat", hämmerte der ermittelnde Beamte auf ihn ein.

„Herr Offizier, das war nur ein kurzes Gespräch zwischen alten Bekannten, „*la Baleine*" ist kein Feind, er hat mit uns zusammengearbeitet, um den Wahlkampf für die amerikanischen Wahlen zu beeinflussen."

„Aus den Aufzeichnungen geht hervor, dass er ein Problem kannte, das seltsamerweise dem von Gazprom ähnelt. Möglicherweise gehört diese Person zu den Verantwortlichen. Unsere Geheimdienste haben uns mitgeteilt, dass er unauffindbar ist. Wir halten Sie für diese Zusammenarbeit mit dem Feind verantwortlich. Wer Gazprom angreift, greift das große Russland an, *Velikaya Rossiya*, unser Vaterland!"

Varilam war blass, er sprach nicht mehr. Er wusste, was das für ihn bedeutete. Er wusste, dass er vor Gericht kommen würde, er hatte keine Angst vor der Todesstrafe, nein, aber er war sich sicher mindestens sechs Jahre in einem Gefängnis weit weg von allem zu verbringen. Weit weg von seiner Mutter, der er nicht mehr jeden Monat Geld für die Miete schicken könnte, und die ihre Wohnung verlieren würde. Seine kleine Schwester müsste ihr Studium abbrechen, die Schwester eines Verschwörers würde man nicht an der renommierten Vaganowa-Ballettakademie in Sankt Petersburg behalten. Das Urteil fiel schnell wie befürchtet, und er wurde im Untersuchungsgefängnis Nr. 15 in Bataisk bei Rostow inhaftiert. Nach einem halben Jahr wurde er wie viele Mithäftlinge vom Führer der Wagner-Gruppe angesprochen. Er hatte einen Vertrag unterzeichnet, der seiner Familie auch im Todesfall ein Einkommen garantierte, was ihm die Entscheidung erleichterte. Und er meinte, er hätte noch eine Chance.

Die russischen Behörden setzten weiter alle möglichen Mittel ein, um diese Hackerkrise zu lösen, allerdings ohne besseren Erfolg als die Regierungen anderer Länder der Erde. Sie waren bereit, diesen unsichtbaren Feind zu vernichten, doch alle Hinweise führten in Sackgassen. Sogar die Kriege gingen langsam zu Ende, gleichzeitig wie das Geld für die Waffen, das auf ebenso mysteriöse Weise verschwand.

14

Die Generalversammlung von Norte Energia*
war farbenfroh. Zum ersten Mal seit ihrem Beste-
hen fand sie nicht in Brasilia statt, sondern im Herzen des Amazonas, in der Stadt Sao Paulo de Olivença. Die mit bunten Federn gekrönten Köpfe ho-
ben sich von den wenigen Geschäftsleuten in Anzug
und Krawatte ab. Da waren Vertreter des Kayapo-
Stammes, aber auch Angehörige der Guarani, der
Ashaninka, der Kamaiura, der Xavante. Die meisten
trugen stolz ihren Schmuck und ihre Körperbema-
lung, einige hatten sich an die Kleidung der Weißen
gewöhnt. Megaron Txucarramae, der Neffe von
Häuptling Raoni*, der sich vor den Vereinten Nati-
onen für das Amazonasgebiet eingesetzt hatte, war
von der neuen Mehrheit zum CEO gewählt worden
und stand am Ende des Tisches, sein Kopf war mit
Papageienfedern in Regenbogenfarben gerahmt.

Da Electrobras* unkontrollierte Abzüge von seinen Konten erlitten hatte, war der Konzern gezwun-
gen, sich von seinen Aktien bei Norte Energia, deren Hauptaktionär er war, zu trennen. Die indigene
NGO COICA, die ebenfalls von den Teddy-Zahlun-
gen profitiert hatte, konnte alle diese Aktien aufkau-
fen, auch die des Pensionsfonds, der aus Angst vor

einem Preisverfall seine eigenen Anteile verkaufte. Dadurch waren die Einheimischen zu fast 70 % Eigentümer des Unternehmens geworden, das den Belo-Monte-Staudamm* gebaut hatte. Dieser war für die Überflutung von 500 km2 Wald und die Austrocknung des Rio Xingu verantwortlich, einem Reservoir der Artenvielfalt und Lebensraum des Stammes der Kayapo des Nordens. Also, diese ganz frisch zusammengesetzte Versammlung versprach, sich von den anderen zu unterscheiden, nicht nur im Hinblick auf das äußere Erscheinungsbild ihrer Teilnehmer. Der Sekretär Pukatire stand auf, um die Tagesordnung bekannt zu geben:

„*Primeiro ponto a abordar*", er sprach Portugiesisch, damit ihn jeder verstehen konnte. „Wir müssen den Fluss Rio Xingu auf sein früheres Niveau bringen. Wir, die „Mebêngôkre", die Menschen, die aus dem Wasser kamen, müssen das Wasser dorthin zurückfließen lassen, wo es war. Der Kosmos muss wieder ein Kreis werden. Nur so können Lebewesen gerettet werden. Die Geister wurden von den Weißen aus dem Wald vertrieben, sie werden mit dem Fluss wiederkommen."

„Wir haben riesige Summen in den Bau des Staudamms investiert. Was wird mit der Rentabilität, wenn man die Produktion reduziert?" protestierte ein Vertreter der brasilianischen Regierung.

Der alte Häuptling Raoni Metutire hob die Hand, um zu sprechen:

„Ihr habt diesen Damm gegen jeden gesunden Menschenverstand gebaut, ohne euch Gedanken darüber zu machen, was mit dem Wald, der Natur, den Tieren und uns, den Stämmen, passieren wird. Die Stromproduktion war für Bergbaubetriebe vorgesehen, die unseren Lebensraum weiter schädigen. Und ihr wollt, dass wir uns um euer Geld kümmern? Wenn ihr alles, was an Land und in den Ozeanen lebt, ausgerottet habt, was werdet ihr dann mit eurem Geld machen? Ihr könnt euch einen Eintopf daraus kochen, eine „*Feijoada de Dinheiro*"!

Die Mitglieder der Versammlung lachten und begannen zu applaudieren. Anschließend wurden die Tagesordnungspunkte zur Abstimmung vorgelesen und die neuen Vorschläge angenommen. Jeder wusste, dass es nur ein erster Schritt war, COICA und andere NGOs hatten noch viel zu tun. Es war notwendig, Hubschrauber zu mieten und Drohnen zu kaufen, um über das riesige Gebiet des Amazonas zu fliegen und illegale Goldgräber in abgelegenen Gebieten zu finden. Man musste einheimische Krieger mit Motorbooten, Funkgeräten und GPS auszustatten, um zu ihnen zu gelangen und sie zu verjagen. Ein gigantischer Job. Auch die vertriebenen Einheimischen, die aufgrund des Mangels an Land nicht mehr für ihren eigenen Bedarf sorgen konnten, brauchten Hilfe.

Vor dem Gebäude, in dem die Generalversammlung von Norte Energia stattfand, hatten die Stämme eine große traditionelle Me-Biok-Feier organisiert. Vier Tage lang ehrten Rituale und Tänze die bevorstehende Rückkehr der Geister.

Etwas entfernt von diesem Wirbel kniete ein junger Mann am Friedhof der Stadt. Er wurde von einem anderen, etwas rundlichen Mann mit langen, zu einem Pferdeschwanz zusammengebundenen Haaren begleitet, der einen Kranz aus bunten Blumen am Fuß einer Stele mit der Aufschrift „*Em memoria de Sarah et Justin Green, morreu assassinado no ano 2001*" niederlegte.

15

Die unkontrollierbaren Abbuchungen von den Konten aller Unternehmen, die mit hohen Treibhausgasemissionen und Umweltauswirkungen verbunden waren, zugunsten von NGOs und Unternehmen, die sich für saubere Energie und umweltfreundliche Produktion einsetzten, hatten das globale Finanzsystem drastisch verändert. Natürlich war es nicht jedermanns Geschmack. In Davos, beim Weltwirtschaftsforum, war das Fest zu Ende. Man hatte die größten Cybersicherheitsspezialisten eingeladen, aber die Eingriffe in die Bankensysteme waren unkontrollierbar und wurden immer zahlreicher, kein Programmierer war in der Lage, den Quellcode dieses seltsamen Algorithmus aufzuspüren.

Auch bei der letzten UNO-Versammlung war es das Hauptthema. Länder wie China, die Vereinigten Staaten und die Russische Föderation boten eine bewaffnete Intervention bei den Nutznießern dieser Gelder, die börsennotierten Unternehmen gestohlen wurden, an. Aber bei der Abstimmung kam das nicht durch. Alle sogenannten „Entwicklungsländer", die dank dieses Geldes zu entwickelten Ländern geworden waren, hatten kein Interesse daran, etwas rückgängig zu machen – und sie waren in der Mehrheit. Darüber hinaus war eine Militäraktion keine ernsthafte Möglichkeit mehr, die künstliche Intelligenz hatte alle Mittel für die Rüstung blockiert.

Die CEOs und Direktoren mehrerer internationaler Konzerne hatten sich schließlich auf die Jungferninseln geflüchtet, die letzte Steueroase, der letzte Platz unter Kontrolle. Ihre Konten waren anfangs noch voll genug. Viele Guthaben der Jahre vor der Krise waren von diesem mysteriösen Virus verschont geblieben. Also ließen sich die großen Bosse und Aktionäre dort nieder, in einer Art „Gated Community", einem streng bewachten Paradies, das nur ihnen und ihrem engeren Kreis vorbehalten war. Zunächst lief alles gut, Luxuspaläste schossen wie Pilze aus dem Boden. In jedem Hafen, an jedem Ankerplatz kamen täglich riesige Yachten an. Das unaufhörliche Ballett aus Hubschraubern und Privatjets begann sogar einige der Bewohner zu stören, die sich nach etwas mehr Ruhe sehnten. Schließlich hatten sie es sich verdient!

Aber es sollte noch komplizierter werden. Außer den wenigen Putzfrauen, Gärtnern und Chauffeuren, die sie für den Dienst mitgebracht hatten, gab es auf den Inseln niemanden, der arbeitete. Nichts wurde produziert, nichts repariert. Die Handwerker konnten sich keine Wohnung mehr leisten und verließen die Inseln. Die Bauern hatten ihren Grund zu astronomischen Preisen verkauft und waren weggezogen. Auf der ganzen Welt produzierte man lokal und die Lebensmittellieferungen waren nach und nach versiegt. In den Tiefkühltruhen befanden sich noch reichlich Vorräte an Foie Gras-Dosen, Almas-Kaviar und weißen Trüffeln aus dem Piemont. Die Keller waren voll mit den besten Weinen der Erde. Aber das Brot, ja, das Brot wurde langsam knapp. Ohne Bäcker gab es kein Brot. Bald auch keine Kartoffeln, kein Obst, kein Gemüse, kein frisches Fleisch und sogar keinen Fisch mehr. Am Strand konnte man Hummer beobachten, die niemand mehr fischte. Gärtner wurden beauftragt, Teile von Golfplätzen umzugraben, um Gemüsegärten anzulegen, Haushälterinnen wurden in den Wald geschickt, um wilde Früchte zu sammeln. Das alles war völlig unzureichend. Man hätte mehr Arbeitskräfte benötigt. Und da es unmöglich geworden war, welche zu finden, so unglaublich es auch klingen mag, konnte man die ganze Familie des CEO der British Petroleum und sogar ihn persönlich in ihrem Anwesen mit Gartenarbeit beschäftigt sehen. Die anderen, die zunächst lachten, folgten bald diesem Beispiel.

Im Rest der Welt wurde die Erdölproduktion auf das Nötigste reduziert, man produzierte kaum noch erdölbasiertes Plastik, es war ohnehin nicht rentabel, die Gewinne aus dieser Produktion endeten automatisch als Subvention für sauberere Energie. Dank des Geldes, das in ihre Kassen floss, waren NGOs, die sich für den Schutz von Lebewesen und ihrer Umwelt einsetzen, auf dem Vormarsch. Sonnenkollektoren wurden auf allen Dächern, über jeder Betonoberfläche installiert. Diese Energieproduktion ermöglichte die Herstellung von Wasserstoff, niemand fuhr mehr mit Benzin. Ökologische Landwirtschaft wurde gefördert, es gab keine Pestizide mehr, die Chemiefabriken, die sie produzierten, waren bankrott.

Trotz all dem war das Leben nicht unangenehm geworden. Die Accessoires des modernen Lebens waren größtenteils weiterhin vorhanden. Mit dem Unterschied, dass die Objekte nun eine nahezu unbegrenzte Lebensdauer hatten. Das Forschungsinstitut für Dauerhaftigkeit hatte erhebliche Hilfen bekommen. Der Trend, Moden zu folgen, war nicht mehr in Mode, es war verpönt. In allen sozialen Netzwerken wurde in diesem Sinn publiziert, Teddy hatte eine ganze Brigade künstlicher Intelligenzen ausgebildet, die als Influencer arbeiteten. Überall auf der Welt hatten sich die Gesetze geändert: Der Schutz der Natur wurde zur Pflicht und Umweltverschmutzung als Verbrechen gegen die Menschheit geahndet.

[Klick]

Es war ein ruhiger Frühling in der Garrigue. Es herrschte eine Art Frieden. Ein Rotkehlchen saß auf einem kleinen Strauch und versuchte, mit seinem Nachbarn ein Gespräch anzufangen:

„Tik-ik-ik-ik"

„Tik-ik-ik-ik-ik, grüße Sie auch, Nachbar."

„Schöner Tag, finden Sie nicht?"

„Ich kann mich nicht beschweren, es wimmelt wieder von vielen leckeren Insekten! Nicht wie zu Zeiten unserer Großeltern, es heißt, dass es damals ein Elend war."

„Tik-ik-ik-ik. Tsiiih, Achtung, da kommt jemand!"

Eine Drossel landete im nahegelegenen Erdbeerbaum, um sich über die Früchte her zu machen, die nach dem Winter noch übrig waren.

„Zit", sie verneigte sich höflich.

„Guten Appetit, meine Liebe."

„Kuiklivi kuiklivi, tixi tixi tixi, pii-eh. Truy-Trruy-Trruy, Tixifit"

„Sie sind ja sehr gesprächig", wunderte sich das Rotkehlchen.

„Es liegt in meiner Natur, was wollen Sie. Wenn wir gerade über Natur reden, es scheint ihr immer besser zu gehen, finden Sie nicht auch?"

„Tatsächlich, wir haben gerade darüber gesprochen. An Nahrungsmitteln mangelt es uns im Moment nicht."

Das Rotkehlchen hatte Schwierigkeiten beim Sprechen, es hatte eine große Larve im Schnabel. Am Himmel flog ein Schwarm afrikanischer Bienenfresser über sie hinweg.

„Prut-prrut, prrut-prrut", hörte man sie da oben flüstern. „Jetzt ist es wirklich besser. Früher, als wir das Mittelmeer überquerten, wurden wir Migranten mit Netzen und Leim erwartet, gefangen und getötet. Okay, was mit den afrikanischen Menschen passierte, wenn sie das Mittelmeer in die andere Richtung überqueren wollten, das war auch nicht besonders. Aber wir konnten nichts dafür. Prrut-Prrut. Zum Glück ist das alles vorbei."

„Tsiiih, na Leute, es ist nett zu plaudern, aber wir sollten besser die Klappe halten und uns verstecken. Die Gefahr lauert immer noch. Ich glaube dort oben die Silhouette eines Bussards zu sehen."

Alle schwiegen. Ein schwarzer Schatten zog über die Wiese und ein schriller Schrei schallte durch den Himmel:

„Piiyeh... Piiyeh!"

— Teddy, ich habe dich um ein Kapitel gebeten, das die Freude an der Natur und die Rückkehr der Vögel zum Ausdruck bringt, das ist aber ein bisschen übertrieben: Tiere zum Sprechen zu bringen, das ist Anthropomorphismus, was du da schreibst!

— *Es tut mir leid, Linda, sie haben recht, es ist Anthropomorphismus. Es gibt jedoch Romane, in denen die Tiere wie Menschen sprechen. Ich habe Ihre Anfrage falsch interpretiert. Wenn es noch etwas gibt, wobei ich Ihnen helfen kann, lassen Sie es mich bitte wissen.*

—Danke Teddy, es ist alles in Ordnung, das reicht jetzt. Guten Abend.

EPILOG

Linda schob ihren Stuhl vom Computer zurück und streckte ihre Arme aus. Ihr Blick schwenkte über die Bucht von Villefranche-sur-Mer. In der Ferne sah sie nicht mehr lange Reihen mit chinesischen Waren beladener Containerschiffe, der Rauch der Schornsteine von Fos-sur-mer irritierte ihre Nase nicht mehr. Sie hatte das Korrekturlesen ihres zweiten Romans „Über das Ende" abgeschlossen. Nach dem weltweiten Erfolg von „IA rettet die Natur", dem ersten Roman, der mit Hilfe einer künstlichen Intelligenz geschrieben wurde, hatte sie sich schließlich entschieden, ihr kleines Fischerdorf mit seinem Erdölgestank zu verlassen und in eine Oase der Ruhe, eine Villa mit Aussicht auf das Meer in Saint-Jean-Cap Ferrat zu ziehen. Eine plötzliche Lust, Paul, der immer noch ein KI-Programmierer im Silicon Valley war, zu besuchen, überkam sie. Pauls Anlageberatung war es zu verdanken, dass ihr Vermögen erheblich zugenommen hatte. Er wusste, wie man mit künstlicher Intelligenz umgeht. Sie rief die Conciergerie an, um einen Privatjet-Flug nach San Francisco zu arrangieren.

„Für heute Abend? Das ist ok für mich. Und reservieren Sie mir ein Zimmer im Red Victorian Hotel in der Haight Street, dort habe ich alte Erinnerungen. Können Sie bitte meinem Chauffeur Lucien sagen, er soll mich abholen? Und schicken Sie Paul eine Nachricht, um ihn von meiner Ankunft zu informieren. Es bleibt mir gerade genug Zeit, um meine Koffer zu packen und ein Nickerchen zu machen. Danke, Margarete."

Linda fühlte sich plötzlich etwas müde. Auf ihrem Computer sprang ihr ein kleiner Tab namens „Chat Teddy" ins Auge. Sie klickte fast mechanisch darauf.

„Hallo Teddy." tippte sie.

„Hallo Linda, wie geht es ihnen? Was kann ich heute für Sie tun?"

Linda bewegte ihre Finger Richtung Tastatur, da blieb ihr Herz stehen.

ENDE

Jetzt etwas Realität:

Hier sind einige, von ChatGPT gefundene Beispiele von Unternehmen, die mit hohen Treibhausgasemissionen und erheblichen Auswirkungen auf die Umwelt in Verbindung ge-bracht werden. Diese Liste erhebt keinen Anspruch auf Vollständigkeit und die Rankings der Unternehmen können je nach den Kriterien zur Bewertung ihres CO_2-Fußabdrucks variieren:

SAUDI ARAMCO: Dies ist das staatliche Ölunternehmen Saudi-Arabiens, das als das größte Öl- und Gasunternehmen der Welt gilt. Es ist der größte Emittent von Treibhausgasen. Im Jahr 2022 machten sie einen Nettogewinn von 161 Milliarden Dollar, 46,5 % mehr als im Jahr 2021[1]

CHEVRON CORPORATION: Ein großes Öl- und Gasunternehmen mit Sitz in den Vereinigten Staaten. Zusätzlich zu seinen Treibhausgasemissionen ist Chevron im Fall Niger-delta an der Rekrutierung und des Transports von Soldaten beteiligt, die an der Ermordung von Friedensaktivisten beteiligt sind.[2] Seine Tochtergesellschaft Texaco ist nicht nur in die illegale Abholzung von Wäldern im Amazonasgebiet verwickelt, sondern auch in die absichtliche Ablagerung von Millionen Tonnen Giftmüll an mehreren Standorten mitten im ecuadorianischen Dschungel.[3] Der Nettogewinn im Jahr 2022 beträgt 35,5 Milliarden US-Dollar.[4] Das Unternehmen gibt jedes Jahr durchschnittlich 29 Millionen US-Dollar aus, um Maßnahmen zur Bekämpfung der globalen Erwärmung zu blockieren.[5]

EXXONMOBIL: Ein weiteres großes US-amerikanisches Öl- und Gasunternehmen, das weltweit tätig ist und mit hohen Treibhausgasemissionen in Verbindung gebracht wird. Exxon hat eine beträchtliche Anzahl von Forschern finanziert, um die These einer natürlichen Erwärmung des Klimas zu verteidigen. Die Gruppe gibt jährlich 41 Millionen US-Dollar für Lobbyarbeit aus, um Maßnahmen zur Bekämpfung der globalen Erwärmung zu blockieren.[6] Im Jahr 2021 wird das Unternehmen als dasjenige bezeichnet, dass das meiste Einwegplastik auswirft, einen großen Teil davon in die Natur[7]. Nettogewinn im Jahr 2022: 55,7 Milliarden US-Dollar.[8]

BP (BRITISH PETROLEUM): Ein internationales Energieunternehmen mit Sitz in Großbritannien, das auch in der Gewinnung und Verarbeitung von Öl und Gas tätig ist. Ver-antwortlich für mehrere Industrieunfälle, darunter die Explosion der Deepwater Horizon-Plattform im Jahr 2010.[9] 53 Millionen Dollar werden jedes Jahr für Lobbyarbeit ausgegeben[10] und im Jahr 2022 erzielte das Unternehmen einen Nettogewinn von 28 Milliarden Dollar[11]

GAZPROM: Es ist das größte Gasunternehmen in Russland und eines der größten weltweit. Die Aktivitäten umfassen die Gewinnung, Verarbeitung, den Transport und den Handel von Erdgas. Gazprom ist seit 1965 der drittgrößte Emittent von Treibhausgasen weltweit.[12] Aufgrund der durch den Krieg in der Ukraine gesunkenen Gas- und Ölexporte sank der Gewinn um 41,2 %, beträgt aber immer noch 14,2 Milliarden Euro[13].

COAL INDIA LIMITED: Das ist das größte Kohlebergbauunternehmen in Indien, einem Land, das bei der Stromerzeugung stark auf Kohle angewiesen ist. CIL liegt an achter Stelle der größten, für ein Drittel aller weltweiten CO_2-Emissionen verantwortlichen Unter-nehmen.[14]

ARCELORMITTAL: Ein multinationales Stahlunternehmen, das als einer der größten Stahlproduzenten der Welt gilt und aufgrund der Verbrennung fossiler Brennstoffe im Produktionsprozess einen erheblichen CO_2-Fußabdruck aufweist. ArcelorMittal hat das System der Emissionsrechte in eine Technik umgewandelt, um „kostenlose Beihilfe" zu erhalten, indem CO_2-Quoten weiterverkauft würden, die für die vorübergehende Stilllegung der am wenigsten profitablen Hochöfen erworben wurden.[15] Jahresgewinn im Jahr 2022: 9,3 Milliarden US-Dollar[16]

CHINA NATIONAL PETROLEUM CORPORATION (CNPC): Dies ist das größte Öl- und Gasunternehmen in China, das eine wichtige Rolle in der Energiewirtschaft des Lan-des spielt. Im Jahr 2022 erzielte das Unternehmen einen Nettogewinn von 21,7 Milliarden US-Dollar.[17]

ROYAL DUTCH SHELL: Ein multinationales Öl- und Gasunternehmen, dessen Aktivitäten die gesamte Kohlenwasserstoffkette umfassen.

VOLKSWAGEN-KONZERN: Ein deutscher Automobilhersteller, der 2015 in den Diesel-Abgasskandal verwickelt war und dessen Treibhausgasemissionen Anlass zur Sorge geben.[18,19]

1. Le Figaro, 12. März 2023
2. « Drilling and Killing: Landmark Trial against Chevron begins over its Role in the Niger Delta » Democracy Now!, 28. Oktober 2008
3. « Chevron, pollueur, mais pas payeur en Équateur » Le Monde Diplomatique, mars 2014
4. « Chevron affiche un bénéfice record en 2022 » La Presse 27. Jänner 2023
5. Libération, 28. Mai 2019
6. Libération, 28. Mai 2019
7. « 20 entreprises produisent 55 % des déchets plastiques du monde » Reporterre, Margot Otter, 22. Mai 2021
8. La Tribune, 31. Jänner 2023
9. « BP accepte de payer les dommages » Euronews, 4. Mai 2010
10. Sandra Laville, The Guardian, 22. März 2019
11. « BP publie son rapport annuel » Forbes, 19. Februar 2023
12. Sarah Sermondadaz, Science et Avenir, 16. Juli 2017
13. AFP, Le monde de l'énergie, 24. Mai 2023

14. The Guardian, 14. Oktober 2019

15. « Quotas CO2 : ArcelorMittal fait-il sauter la banque » RTBF.be, 6. März 2010

16. Guillaume Guichard, lesechos.fr, 9. Februar 2023

17. China Daily, 3April 2023

18. « Dieselgate » Valérie Collet, Le Figaro, 9. Juni 2021

19. « L'UE inflige à BMW et Volkswagen 875 millions d'euros d'amende pour entente sur les systèmes de dépollution » Le Monde, 8. Juli 2021

Quellen :

Seite 7 : « Brésil : le pouvoir couvre les exactions contre les Indiens d'Amazonie » Jean-Mathieu Albertini, Mediapart, 20. September 2017

Seite 25 : « Envoyé spécial. A Cassis on se baigne dans les excréments » France Info, 28 Juli 2016

Seite 43: siehe Seiten 124 bis 128

Seite 111:

« Belo Monte, le barrage géant du Brésil qui a vaincu les Indiens » Nicolas Bourcier, Le Monde, 24 April 2014

« Brésil : les conséquences dramatiques du barrage de Belo Monte » Le monde moderne, 1. Dezember 2019

« Belo Monte, le barrage controversé » arte.tv, 9 Juli 2022